LE VEAU

suivi de

LE COUREUR DE FOND

MO YAN
PRIX NOBEL DE LITTÉRATURE

LE VEAU
suivi de
LE COUREUR DE FOND

nouvelles

TRADUITES DU CHINOIS
PAR FRANÇOIS SASTOURNÉ

ÉDITIONS DU SEUIL
*25 bd Romain-Rolland, Paris XIVe*

Ce livre est édité par Anne Sastourné

Le Veau
Titre original : Niu 牛
Première publication : revue *Donghai* 东海,
province du Zhejiang, Chine, 1998.

Le Coureur de fond
Titre original : Sanshi nian qian de yici changpao bisai
三十年前的一次长跑比赛
Première publication : revue *Shouhuo* 收获, Shanghai, Chine, 1998.

ISBN 978-2-02-102401-2

www.seuil.com

LE VEAU

I

À cette époque, j'étais adolescent.

À cette époque, j'étais l'adolescent le plus turbulent du village.

À cette époque, j'étais aussi l'adolescent le plus pénible du village.

Le plus embêtant chez un adolescent de ce genre, c'est qu'il ne se rend pas compte à quel point les gens le détestent. Il va toujours se fourrer là où il se passe quelque chose. Quelle que soit la personne qui parle et quoi qu'elle dise, il tend l'oreille et écoute ; qu'il comprenne ou non, il faut qu'il intervienne. Lorsqu'il a entendu ou vu quelque chose, il fait le tour du village et le raconte à tout le monde : s'il rencontre un adulte, il lui en parle ; s'il rencontre un enfant, il lui en parle aussi ; s'il ne rencontre personne, il parle tout seul, comme si le fait de garder une phrase par-devers lui risquait de lui faire exploser la panse. Il croit à tort que les autres l'aiment. Il est capable de faire un tas de folies pour se faire aimer des autres.

Par exemple, cet après-midi-là, un groupe de villageois désœuvrés jouaient aux cartes sous le saule près du bassin ; je m'approchai et, pour attirer leur attention, je bondis dans l'arbre comme un chat, je m'assis sur la fourche d'une branche et me mis à imiter le coucou. Personne ne réagit. Au bout d'un moment, je m'en lassai et je me mis à observer la partie depuis ma position élevée. Puis la langue commença à me démanger, et je criai : « Zhang San a tiré un roi ! » Zhang San leva la tête et gueula : « Luo Han, t'en as assez de vivre ? » Li Si tira un valet et je ne pus me retenir : « Li Si a tiré un valet ! » Et Li Si dit : « Si la langue te démange, t'as qu'à la gratter contre l'écorce ! » Je continuai à jaser comme une pie dans mon arbre. Les joueurs finirent par se fâcher et se mirent à me lancer des bordées d'injures. Du haut de mon perchoir, je leur répondis sur le même ton. Excédés, n'y tenant plus, ils arrêtèrent leur partie, ramassèrent par terre des morceaux de brique ou de tuile, puis se mirent en ordre de bataille et les lancèrent sur moi. Au début je crus que c'était pour rire, mais je reçus une brique sur le crâne, et ma tête résonna comme un gong. Je vis mille étoiles, et heureusement que j'étais bien accroché à ma branche, sinon je serais tombé à coup sûr. C'est alors que je compris qu'ils étaient sérieux. Pour éviter les projectiles, je grimpai vers la cime, qui se cassa, et je tombai dans le bassin avec une branche morte, faisant un grand plouf et éclaboussant tout le monde. Les badauds éclatèrent de rire. J'étais très content du résultat : s'ils riaient, cela voulait dire qu'ils ne m'en voulaient plus. Mais j'avais une belle bosse et j'étais couvert de boue. Quand je sortis du bassin, tel un singe de terre, je me rendis compte confusément que j'avais fait exprès de me risquer en haut de l'arbre, pour attirer l'attention de tout le monde, pour les faire rire, pour les amuser. J'avais un peu mal à la tête, et l'impression que mille insectes me grimpaient sur le visage. Les gens me regardaient avec étonnement, et je les dévisageais. Lorsque j'arrivai en titubant au pied de l'arbre et que je m'appuyai sur le tronc, quelqu'un s'exclama : « Misère, ce gamin va y passer ! » Tout le monde se regarda, interdit, poussa un cri, et les badauds se dispersèrent comme sous le souffle du vent. Je trouvais cela plus qu'ennuyeux et je m'assis contre l'arbre. En un rien de temps, je m'assoupis.

Lorsque je me réveillai, il y avait de nouveau un attroupement au pied du saule. Un de mes oncles, au visage grêlé, chef de la brigade de production, me tira de sous l'arbre : « Luo Han, dit-il, m'appelant par mon petit nom, qu'est-ce que tu fais là ? Qu'est-ce que tu t'es fait à la tête ? Regarde-moi ça, tu es beau ! Ta mère s'égosille à t'appeler partout, et toi tu es là à traîner ! Fiche le camp, dépêche-toi de filer à la maison ! »

Debout sous le soleil éblouissant, j'avais le vertige. J'entendis mon oncle dire : « Et lave-moi cette boue et ce sang ! »

Je m'accroupis au bord du bassin, m'aspergeant d'eau, me lavant sommairement plusieurs fois. L'eau froide sur ma blessure me fit un peu mal, mais ce n'était pas grave. À ce moment-là, je vis maître Du, responsable de l'élevage dans notre brigade de production, approcher en tenant trois veaux par une corde. Il leur disait : « Allez, allez, pas la peine d'avoir peur, on dirait des laiderons qui ont peur de rencontrer leur belle-mère ! »

Aucun d'eux n'avait d'anneau dans le nez. Ils levaient la tête et, tirant sur leur corde, résistaient. Ces trois veaux étaient mes amis : lorsque le foin avait manqué à la fin de l'hiver, je les avais gardés avec maître Du dans les prés couverts de neige. Comme les autres, ils avaient appris avec la vache mongole à creuser la neige avec leurs sabots pour trouver l'herbe. Ils étaient alors petits et je n'aurais pas imaginé qu'en quelques semaines ils seraient devenus si grands. Deux d'entre eux étaient de la race Luxi, à la robe beige et au museau blanc. Ils se ressemblaient comme des jumeaux, avec le même air abruti. L'autre, à la robe rousse, avait une double bosse sur l'échine ; c'était un veau de cette vache mongole à la queue en tire-bouchon ; je lui avais donné un nom : Double Échine. C'était un sacré chenapan : l'hiver dernier, lorsque nous l'avions gardé, il essayait à tout bout de champ de monter les vaches. Au début, maître Du se moquait de lui, il croyait qu'il grimpait les femelles pour rien, mais très vite il s'était aperçu qu'il était déjà tout à fait capable de commettre le péché de chair. Il s'était empressé de lui lier les deux pattes de devant – ce qui ne l'avait pas empêché de continuer à vouloir sauter toutes les vaches, y compris sa mère. Maître Du avait conclu : « Ce chameau se prend pour le roi, il veut même se taper sa mère. »

« Père Du, tu peux te dépêcher un peu ? lança l'oncle grêlé. Tu traînes, tu traînes, pendant ce temps le camarade Dong attend. »

Le camarade Dong, accroupi au pied du mur de pignon de la maison des Ji, fumant une cigarette, répondit : « Ça ne fait rien, je ne suis pas pressé. »

Le camarade Dong était le vétérinaire de la commune populaire, un grand type au teint mat, aux lèvres bleues, aux yeux enfoncés, avec des lunettes à monture noire et une taille de crevette. Il fumait cigarette sur cigarette, et toussait et crachait sans cesse. L'index et le majeur de sa main droite étaient jaunis par le tabac, on reconnaissait immédiatement le fumeur invétéré. Il tenait sa cigarette d'une manière très élégante, comme une chanteuse d'opéra faisant l'orchidée, entre le pouce et le majeur. Plus tard, lorsque je fus grand, j'imitai cette manière du camarade Dong pour tenir mes cigarettes.

L'oncle grêlé passa derrière les veaux, frappa les deux Luxi du poing, donna un coup de pied à Double Échine pour les faire avancer jusqu'au saule.

Maître Du, brusquement tiré en avant, faillit perdre l'équilibre et bougonna : « Qu'est-ce que c'est que ces manières, qu'est-ce que ça veut dire ? »

L'oncle grêlé le rabroua : « Qu'est-ce que tu as à râler ? Je t'avais dit d'emmener ces bêtes et d'attendre ici ! »

Le camarade Dong se leva.

« Rien ne presse, j'en ai juste pour quelques minutes.

– Quelques minutes ? Vous voulez dire que vous pouvez finir ces trois veaux en quelques minutes ? fit maître Du en secouant sa tête chauve, écarquillant les yeux. Camarade Dong, c'est pas la première fois que je vois briser des bourses ! »

Le camarade Dong, cigarette au bec, s'en fut derrière le saule pisser dans le bassin. Le bruit s'arrêta et il revint, les jambes écartées. Il referma sa braguette, s'essuya les mains et demanda, les yeux plissés :

« Et quand l'avez-vous vu faire ?

– Avant la Libération, répondit maître Du. À cette époque, on faisait toujours comme ça : d'abord on leur nouait une corde graissée autour des testicules, pour leur bloquer les veines, puis avec un battoir à linge de santal huilé, qu'on couvrait d'un tissu, on frappait doucement les testicules, il fallait une matinée pour les briser, les animaux beuglaient et tournaient de l'œil. »

Le camarade Dong cracha son mégot et dit avec dédain : « Cela fait longtemps qu'on en a fini avec ces méthodes de sauvages. Dans l'ancienne société, on maltraitait les hommes, et les bêtes aussi. »

L'oncle grêlé renchérit : « C'est vrai, dans la nouvelle société, les hommes sont heureux et les bêtes aussi ! »

Maître Du marmonna :

« Que je sache, dans l'ancienne société, on ne cassait pas les burnes des hommes. Dans la nouvelle…

– Père Du, fit le grêlé, si t'en as assez de vivre, rentre chez toi et trouve une corde pour te pendre, mais arrête de dire des conneries ! »

Maître Du roula des yeux sous sa paupière cicatrisée. « Qu'est-ce que j'ai dit ? Je n'ai rien dit… »

Le camarade Dong leva le poignet et regarda sa montre. « Allons-y. Vous, monsieur Guan, prenez ma montre et regardez combien de minutes il faut par animal. »

Il tendit l'objet à l'oncle grêlé, puis il retroussa ses manches et resserra sa ceinture. Il sortit de la poche de sa veste un petit couteau en forme de feuille de saule – un scalpel –, dont la lame scintillait au soleil. Puis il tira de la poche de son pantalon un flacon de liquide rouge, le déboucha, y trempa un morceau de coton avec lequel il essuya son couteau et ses mains. Après quoi il jeta le coton par terre. Wu Qi, qui regardait la scène, le ramassa pour nettoyer la gale de sa jambe.

Le camarade Dong dit : « Monsieur Guan, allons-y ! »

L'oncle grêlé porta la montre du camarade Dong à son oreille et pencha la tête de côté pour écouter le mouvement. Il avait l'air très sérieux. Je courus vers lui et, le prenant par surprise, sautai et lui fauchai la montre en m'exclamant : « Moi aussi, je veux l'écouter ! »

Je venais de la mettre à mon oreille et n'avais pas encore eu le temps d'entendre quoi que ce soit lorsque l'oncle grêlé m'attrapa le poignet. Il reprit la montre et, dans la foulée, me flanqua une gifle. « Espèce de brute, comment oses-tu ? » Il était furieux : « Pourquoi tu fais suer les gens comme ça ? » Et il m'en colla une deuxième. Malgré ces deux baffes, j'étais content de moi. J'avais non seulement réussi à piquer la montre du camarade Dong, mais je l'avais aussi portée à mon oreille et j'avais presque entendu le tic-tac.

Le camarade Dong demanda à maître Du de faire tenir deux des veaux par deux hommes qui assistaient à la scène. Celui-ci leur confia Double Échine et le grand Luxi, ne gardant que le petit Luxi avec lui. Dong, avec son accent d'ailleurs, ordonna : « Bon, ne vous occupez pas de moi, occupez-vous seulement de faire avancer l'animal. »

Maître Du tira son veau en marmonnant quelque chose d'incompréhensible.

Dong dit à l'oncle grêlé : « Monsieur Guan, lorsque vous me verrez me pencher, commencez à chronométrer, pas avant. »

Un peu embarrassé, l'oncle grêlé répondit : « Camarade Dong, pour être franc, je ne sais pas trop comment lire votre engin. »

Le camarade Dong dut revenir vers lui pour lui expliquer le maniement de la montre : « Vous n'avez qu'à compter le nombre de tours que fait l'aiguille fine à tête rouge. Un tour, c'est une minute. »

À ce moment-là, maître Du revint avec son veau, le petit Luxi.

Le camarade Dong ordonna : « Repartez, occupez-vous seulement de le faire avancer. Si je ne vous demande pas de vous retourner, ne vous retournez pas. »

Maître Du demanda :

« Et si je me retourne, qu'est-ce qui se passe ?

– Vous aurez du sang plein la figure ! »

À ce moment-là le soleil était vif, la robe des veaux luisait comme si elle était huilée. Maître Du marchait devant le petit Luxi, tirant la corde pour le faire aller plus vite, mais celui-ci, inexplicablement, ne voulait pas bouger. Il levait la tête, tirant vers l'arrière. En fait, il aurait mieux fait d'avancer, le danger n'était pas devant lui mais derrière. Le camarade Dong marchait juste derrière lui. Nous nous tenions à quatre ou cinq mètres de distance, les yeux rivés dans son dos. Nous l'entendîmes dire soudain : « Monsieur Guan, j'y vais ! » Et nous le vîmes plier sa taille de crevette, baissant la tête au niveau de l'échine de l'animal. Il mit les deux mains entre les pattes de derrière du petit Luxi. Nous ne voyions pas clairement ce qu'il faisait, mais nous le savions bien. Nous voyions l'échine de l'animal, au même niveau que le crâne du vieux Dong, se tortiller, mais nous ne comprenions pas pourquoi il n'essayait pas de s'échapper. Nous entendions aussi le petit Luxi souffler bruyamment, mais nous ne comprenions pas pourquoi il ne renversait pas le vieux Dong d'une ruade. Le temps de dire tout cela et le vieux Dong se redressait. Un testicule de bœuf tout gris palpitait dans la poussière brûlante, il avait l'autre à la main. Il tenait son scalpel entre les dents et cria d'une voix nasillarde :

« Monsieur Guan, c'est bon !

– Pas tout à fait trois tours, dit l'oncle grêlé, mais disons trois tours ! »

L'oncle grêlé, qui n'avait pas quitté la montre des yeux et n'avait rien vu de la scène qui venait de se dérouler entre le camarade Dong et le petit Luxi, râla : « Quoi, c'est déjà fini ? » Il regarda les testicules – l'un par terre, l'autre dans la main du vétérinaire – et s'écria, tout étonné : « Bon sang, vous avez castré un bœuf en moins de trois minutes ! Vous êtes le magicien des bouviers ! »

Maître Du passa derrière le bœuf, regarda l'espace vide entre les pattes de derrière du petit Luxi et la poche de peau des testicules sanguinolente, et comprit : « Monsieur Dong, il faut le recoudre maintenant ! »

Le camarade Dong dit : « Si vous voulez que je le recouse, je peux le faire tout de suite mais, d'après mon expérience, il vaut mieux ne pas le faire maintenant. »

L'oncle grêlé intervint :

« Père Du, qu'est-ce que tu racontes ? Le camarade Dong est diplômé de l'école vétérinaire, il a passé la moitié de sa vie à étudier ça et, pour parler cru, il a coupé plus de testicules que tu n'as bouffé de pains de maïs...

– Monsieur Guan, vous exagérez ! Votre ramage embellit mon plumage ! » s'exclama le camarade Dong, remontant ses lunettes sur son nez d'un doigt ensanglanté.

Il ramassa délicatement le testicule tombé par terre et le déposa avec l'autre sur une racine saillante du saule. Puis il dit : « Père Du, emmenez-le suivant. »

Maître Du confia le petit Luxi à un badaud et prit des mains d'un autre la corde du grand Luxi. Il jeta un regard désapprobateur au camarade Dong, qui lui fit signe du menton de faire marcher l'animal. Il tira la bête. Le grand Luxi, comme le petit, ne voulait pas avancer. J'étais inquiet pour lui, je me disais : Grand Luxi, pourquoi tu n'avances pas ? Tu as vu ce qui est arrivé au petit Luxi ? Le camarade Dong se pencha sans un mot. L'oncle grêlé ne regardait pas la montre, il avait les yeux rivés sur le vétérinaire, dont nous suivions chaque geste sans nous en rendre compte. Nous vîmes un testicule gris tomber, palpitant, dans la poussière brûlante, et le camarade Dong se redresser, l'autre testicule dans la main, le scalpel entre les dents. L'oncle grêlé se tapa vigoureusement les cuisses et s'écria : « Camarade Dong, bravo ! Putain de bordel de bravo ! Vous avez fait mieux que le singe Sun Wukong[1] volant une pêche sous la feuille ! »

Le camarade Dong alla poser les deux testicules du grand Luxi avec ceux du petit Luxi sur la racine du

---

1. Anecdote tirée du roman de Wu Cheng'en publié à la fin du XVIe siècle racontant le pèlerinage vers l'Ouest (c'est-à-dire en Inde sur les traces du bouddhisme) du bonze Xuanzang, accompagné du singe Sun Wukong (*La Pérégrination vers l'Ouest*, Paris, Gallimard, « La Pléiade », 1991). (Toutes les notes sont du traducteur.)

saule, puis revint, remonta ses lunettes sur son nez d'un doigt ensanglanté et fit signe du menton à maître Du d'emmener Double Échine. Maître Du, l'air malheureux, demanda à l'oncle grêlé : « Monsieur Guan, vous n'en gardez pas un pour la reproduction ? »

L'oncle grêlé répondit : « Quelle reproduction ? Je t'ai dit mille fois de le surveiller, mais qu'est-ce que vous avez fichu, tous les deux ? J'ai peur que ce bâtard m'ait engrossé tout le troupeau ! »

Le camarade Dong retira son bistouri d'entre ses dents et dit, surpris : « Quoi ? Il a déjà sailli des vaches, celui-là ? »

Je m'empressai d'intervenir : « Il s'est fait les treize vaches de la brigade, y compris sa mère ! »

Maître Du me rembarra :

« Espèce de gros péteux, de quoi je me mêle ? Est-ce que tu sais par quel trou pissent les vaches ?

– Je l'ai vu saillir toutes nos vaches. Je suis le seul à pouvoir le dire. Maître Du ne l'a vu saillir que sa mère. Il a cru qu'il suffisait de lui attacher les pattes de devant et il m'a laissé garder le troupeau pendant qu'il faisait la sieste au soleil au bord du fossé sous sa moumoute. Moi, j'ai vu toute la scène. Les deux Luxi voulaient être de la fête, mais leur quéquette ressemblait à un poivron rouge. Ils montaient sur les vaches, mais elles leur donnaient des coups de corne. Tandis que Double Échine, c'était pas pareil. Il faisait semblant de brouter, s'approchait lentement des vaches, et le moment venu il se dressait et les grimpait d'un coup, et j'avais beau le fouetter avec un bâton, pas moyen de le faire descendre... »

Alors que je racontais cela, tout content de moi, j'entendis l'oncle grêlé pousser un rugissement digne de l'explosion d'une mine. Il blêmit et me darda de regards perçants comme des poinçons qui me firent froid dans le dos.

« Depuis plusieurs générations chez les Guan, on accumule les mérites. Comment avons-nous pu faire un sale gosse comme toi ! » Il m'écarta d'une gifle et se tourna vers maître Du :

« Allez ! Tire-le !

– Attendez un peu, que je regarde », intervint le camarade Dong.

Il se pencha et mit la main entre les pattes de derrière de Double Échine. Celui-ci esquiva d'un coup de reins et flanqua un coup de sabot en plein dans le genou du camarade Dong, qui poussa un cri et tomba le cul par terre.

L'oncle grêlé se précipita pour le relever. « Camarade Dong, c'est grave ? »

Le vétérinaire se frottait le genou en grimaçant. « Ce n'est rien, ce n'est rien... »

Maître Du flatta la croupe de Double Échine et le gronda en riant : « Espèce de canaille, tu oses flanquer un coup de pied au camarade Dong ? On dirait que tu tiens pas à la vie ! »

Le camarade Dong alla en claudiquant se réfugier à l'ombre du mur des Ji, s'assit par terre et dit :

« Monsieur Guan, on ne peut pas châtrer ce veau-là.

– Pourquoi ? demanda l'oncle grêlé, anxieux.

– Il s'est trop souvent accouplé, les vaisseaux sont élargis, il risque de saigner trop fort.

– Faut pas écouter ces deux-là ! Ce veau est jeune, il est né deux mois après les autres ! »

Le camarade Dong tendit la main et dit :

« Donnez.

– Quoi donc ?

– Rendez-moi ma montre. »

L'oncle grêlé leva le bras et regarda la montre à son poignet :

« Vous ne croyez tout de même pas que j'allais vous la piquer ? Elle est bien bonne, celle-là !

– Ce n'est pas ce que j'ai dit.

– Camarade Dong, ce n'est pas facile de vous faire venir au village, alors écoutez-moi bien. Ici, on manque non seulement de nourriture, mais de fourrage. Sinon pourquoi irions-nous faire paître les vaches en plein hiver ? Rien que ces quelques vaches, on a de la peine à les élever. C'est du gros bétail, ce sont des moyens de production, et les tuer c'est enfreindre la loi. D'un côté on ne peut pas les abattre, de l'autre on n'arrive pas à les élever. L'an dernier, j'ai dit au père Du : "Si tu laisses encore une vache se faire engrosser, je te réduirai ton salaire." Et voilà que ce gars-là a laissé le troupeau entier se faire engrosser. Alors mettez-vous à notre place. Si vous ne châtrez pas cet animal, notre brigade de production est foutue. L'an dernier, on a abandonné trois veaux au marché de Jiaozhou, on était contents, on croyait s'être débarrassés de trois fardeaux, mais avant même qu'on ait fini de savourer ce moment ils sont revenus, accompagnés de deux autres. On a essayé de les chasser à coups de bâton, mais on n'y est pas arrivés. Notre gardien a même été dénoncé au comité révolutionnaire pour les avoir battus, et on l'a obligé à faire un mois de rééducation à la pépinière du sud de la ville – plutôt aller en enfer –, où on l'a accusé de saboter les moyens de production, d'être contre-révolutionnaire, ils lui ont bousillé une jambe, depuis il est couché chez lui… »

Le camarade Dong l'interrompit : « Ça va, ça va. Monsieur Guan, si c'est comme ça, j'oserai encore moins y toucher : s'il meurt, c'est moi qu'on enverra en rééducation à la pépinière. » Sur ce, il prit une poignée de terre pour s'essuyer les mains, se leva et se dirigea en boitant vers son vélo ; il releva la béquille et s'apprêta à partir.

L'oncle grêlé se précipita et ferma l'antivol, fourra la clé dans sa poche en disant : « Monsieur Dong, vous ne partirez pas d'ici tant que vous ne m'aurez pas châtré ce veau ! »

Le camarade Dong, rouge de colère, les lèvres frémissantes, s'écria : « Qu'est-ce que c'est que ces manières ! »

L'oncle grêlé dit avec un sourire : « Je suis comme ça, qu'est-ce que vous y pouvez ? »

Le camarade Dong explosa : « Vous êtes une fieffée fripouille ! »

L'oncle grêlé sourit. « Je suis une fripouille, qu'est-ce que vous y pouvez ? »

Le camarade Dong dit :

« Ces temps-ci, les canailles et les fripouilles ont appris à malmener les gens, qu'est-ce que je peux y faire ? Les paysans pauvres et moyen-pauvres sont la classe dirigeante, maintenant. Ils sont même directeurs d'école !

– Monsieur Dong, ce n'est pas la peine de dire de telles méchancetés. Si vous êtes un ami, vous allez nous châtrer ce veau de malheur. Sinon, on ne peut pas vous forcer. Mais vous nous laisserez votre montre et votre vélo, et nous irons les vendre au marché. Avec l'argent nous achèterons de la paille pour nourrir les vaches. Si tout le bétail de la commune populaire mourait de faim, ce serait grave.

– Monsieur Guan, vous y allez un peu fort ! Si votre bétail crève de faim, qu'est-ce que vous voulez que ça me fasse !

– Bien sûr que si, ça vous concerne. Si tout notre bétail meurt, à quoi servirait le poste vétérinaire ? Pourquoi aurait-on besoin d'un vétérinaire ? C'est parce que la commune a du bétail que vous êtes là.

– Qu'est-ce que vous voulez que je fasse contre un vieux renard comme vous ? dit le camarade Dong, impuissant. Pas étonnant qu'on dise que neuf grêlés sur dix sont mauvais et que le dixième est une fripouille !

– Vous pouvez dire ce que vous voulez, la situation est ce qu'elle est, à vous de voir si vous nous châtrez ce veau. »

L'oncle grêlé porta la montre à son oreille en ricanant. « C'est beau, vraiment, un joli bruit métallique ! »

Le camarade Dong dit : « Rendez-moi ma montre ! »

L'oncle grêlé plissa les yeux. « Vous avez une preuve qu'elle est à vous ? Vous dites qu'elle est à vous, mais pouvez-vous l'appeler ? Appelez-la. Si elle vous répond, je vous la rends ! »

Le camarade Dong se fâcha :

« Mais quelle putain de poisse, aujourd'hui ! Tomber sur un scélérat comme vous ! Bon, une fois que j'aurai châtré ce veau, ce sera votre tour, espèce de salopard !

– Pas besoin de vous pour ça. L'an dernier, je me suis fait châtrer par Liu le Scalpel de l'hôpital de la commune. »

Le camarade Dong sortit son bistouri et dit :

« Le grêlé, que les choses soient claires. S'il arrive un malheur à ce veau, vous en prenez l'entière responsabilité !

– Quel fichu malheur peut-il lui arriver ? De toute façon, l'animal est de trop ! »

Le camarade Dong leva la tête et cria à la cantonade :

« Les camarades paysans pauvres et moyen-pauvres ici présents pourront en témoigner, je ne veux pas couper ce veau, c'est le grêlé qui m'y force…

– Bon, bon, bon, c'est moi qui vous force. S'il arrive quelque chose, je suis responsable, dit l'oncle grêlé.

– Bon, mais il faudra tenir parole.

– Ça suffit, trêve de bavardages ! »

Le camarade Dong regarda Double Échine, qui lui lança un coup d'œil oblique. Le vétérinaire essaya de passer derrière l'animal, mais celui-ci donna un coup de queue et se réfugia derrière maître Du. Le bouvier s'écarta d'un bond, mais Double Échine répéta son manège. Maître Du s'exclama : « Cet animal est endiablé ! »

Le camarade Dong regarda le grêlé et dit :

« Alors, le grêlé ? C'est pas moi qui veux pas.

– À vous voir à l'œuvre tout à l'heure, on aurait dit que vous pouviez châtrer un tigre, mais en fait vous n'êtes même pas capable de dompter un veau ! Donnez-moi le bistouri, allez vous reposer à côté, et regardez comment un vieux paysan qui n'a pas fait l'école vétérinaire va vous le châtrer ! Vous, l'État vous paie pour rien ! »

Rouge de colère, le camarade Dong dit :

« Vous le grêlé, pour qui vous prenez-vous ? Si je ne châtre pas cet animal aujourd'hui, je rentre à la commune la tête en bas !

– Arrêtez de vous vanter ! »

Le camarade Dong se tut, se plia en deux et passa derrière Double Échine, qui n'attendit pas qu'il se mette en place et l'esquiva comme l'éclair. Le vieux Dong tournait avec lui autour de maître Du. Au bout de trois tours, la corde était trop courte, ce dernier ne pouvait plus bouger. Il cria : « Je suis foutu, je suis foutu… »

Le camarade Dong saisit l'occasion et plongea ses mains entre les pattes arrière de Double Échine. Juste comme il allait opérer, il prit un coup de sabot dans le bas-ventre. Il poussa un juron et tomba sur le cul. Alors Double Échine se retourna et, d'un coup de queue, balaya ses lunettes tombées par terre. Mais le vieux était habitué aux bovins et savait se protéger. Sans s'occuper de ses lunettes, il roula aussitôt hors de portée. L'oncle grêlé ramassa prestement les lunettes, et quelques badauds aidèrent le vieux Dong à s'asseoir au pied du mur de la maison des Ji. Il avait le visage cireux, des perles de sueur grosses comme des petits pois coulaient de son front. L'oncle grêlé s'enquit : « Camarade Dong, ça va ? Rien de grave ? »

Le camarade Dong se taisait, on eût dit qu'il n'osait même pas respirer. Il se retint un long moment, puis lâcha en un sanglot : « Le grêlé, va te faire foutre ! »

L'oncle grêlé prit un air contrit. « Je vous demande pardon, camarade Dong. Ne le châtrons pas, tant pis. Venez, allons chez moi. Comme vous veniez au village, j'ai demandé à ma femme d'échanger des patates douces séchées contre deux livres d'alcool. »

Le camarade Dong semblait souffrir un peu moins. Il sortit de sa poche un demi-paquet de cigarettes tout ramolli, en prit une, l'alluma d'une main tremblante, tira une longue bouffée qu'il garda une bonne minute dans les poumons avant de la souffler par le nez.

« Vraiment, je vous demande pardon, camarade Dong », répéta l'oncle grêlé en essuyant les lunettes à monture noire sur son propre pantalon. Il les lui remit sur le nez puis défit la montre de son poignet, sortit la clé de l'antivol et dit : « Tenez, je vous les rends. »

Le camarade Dong écarta tout cela d'un geste et se leva brusquement.

« Vous êtes fâché ? dit l'oncle grêlé. Je plaisantais. Allons, allons chez moi boire un coup ! » Il prit le camarade Dong par la main, tout en se retournant pour donner ses ordres. À maître Du, il dit : « Du, ramène le veau. » Puis à moi : « Luo Han, ramasse ces quatre testicules et emmène-les à la maison, donne-les à ta tante qu'elle les fasse frire pour accompagner l'alcool. Attention, dis-lui bien d'enlever les tendons, sinon c'est immangeable… »

Je courus ramasser les quatre testicules sur la racine du saule. Maître Du avait les yeux rivés dessus, il s'avançait en tirant le veau par la corde. Soudain, le camarade Dong s'écria : « Attendez ! »

Tout le monde s'arrêta. L'oncle grêlé demanda prudemment : « Qu'y a-t-il, camarade Dong ? »

Sans un regard pour nous ni pour l'oncle grêlé, les yeux derrière ses lunettes rivés sur les deux boules de l'arrière-train de Double Échine, il dit en grinçant des dents : « Nom d'une pipe, si je te coupe pas aujourd'hui, qu'on écrive mon nom à l'envers ! »

L'oncle grêlé cligna des yeux et, tirant le camarade Dong par la manche, dit : « Laissez tomber, ça ne fait rien, un grand vétérinaire comme vous ne va pas se fâcher avec un petit veau de rien du tout. Qu'il vous donne un coup de sabot dans les tibias, ça nous fait déjà de la peine, alors s'il vous frappait dans les parties, ça serait trop pour nous... »

Le camarade Dong le regarda dans les yeux.

« Ce n'est pas la peine de m'injurier sans en avoir l'air ni de me ridiculiser. Même si c'était un éléphant ou un tigre, je le castrerais aujourd'hui.

– Monsieur Dong, je crois qu'il vaut mieux laisser tomber. »

Le camarade Dong retroussa ses manches, serra son ceinturon et s'avança crânement, requinqué. Double Échine s'enfuyait en tirant maître Du, qui essayait de le retenir de toutes ses forces en criant : « Chef, je vais le lâcher... »

L'oncle grêlé gueula : « Si tu le lâches, bordel, c'est toi que je vais châtrer ! »

Il les rattrapa et aida maître Du à ramener Double Échine.

Le camarade Dong dit :

« Je crois qu'il n'y a que la méthode brute.

– Qu'est-ce que c'est que ça ? demanda l'oncle grêlé.

– Attachez-le d'abord au saule », dit le camarade Dong.

Maître Du l'attacha.

Le camarade Dong leva les yeux et regarda l'arbre, puis dit :

« Allez me chercher deux cordes et une barre.

– Quoi ? Vous allez le ligoter ? demanda maître Du.

– L'animal est mauvais, il n'y a pas d'autre moyen. »

L'oncle grêlé donna l'ordre au jeune Hou d'aller demander au gardien de l'entrepôt des cordes et une barre. Le gamin fila comme une flèche.

Le camarade Dong tira une cigarette de sa poche et l'alluma. Il avait l'air d'avoir retrouvé le moral. Il en tira une autre et la tendit à l'oncle grêlé, qui le remercia vivement. Maître Du renifla bruyamment, tâchant d'attirer l'attention du camarade Dong. Mais celui-ci ne lui accorda pas un regard. Il s'adressa à l'oncle grêlé : « L'an dernier, le mulet sauvage de la ferme d'État de Jiaohe m'a donné du fil à retordre. Il avait trois testicules. Non seulement il ruait, mais il mordait. Personne n'osait l'approcher. Et à la fin ? Je l'ai coupé comme les autres. »

L'oncle grêlé dit :

« Je l'avais bien dit, vous pourriez même châtrer un tigre !

– Si vous m'emmenez un tigre, je saurai comment faire. Il y a des maladies qu'on ne soigne pas, il n'y a pas de bête qu'on ne puisse châtrer. »

Maître Du s'essuya la bouche et murmura : « En voilà un qui se vante, sans garantie du gouvernement ! »

Le camarade Dong lui jeta un regard, mais ne dit rien.

Le petit Hou accourut avec la barre et les cordes.

Le camarade Dong tira profondément sur sa cigarette, puis la jeta par terre.

Je fonçai et ramassai le mégot, le pris entre mes doigts et tirai une bouffée.

Le petit Le à côté de moi demanda : « Luo Han, laisse-moi tirer une taffe, d'ac ? Laisse-moi en tirer une… »

Je retirai le mégot de ma bouche et séparai les brins de tabac du papier qui restait.

Puis je dis en riant méchamment : « Tiens, fume ! »

Le petit Le gueula : « Luo Han, tu perds rien pour attendre, on se retrouvera… »

L'oncle grêlé nous écarta d'un coup de gueule. Guidés par lui et le camarade Dong, quelques gars de l'assistance placèrent la barre sous le ventre de Double Échine, juste devant ses pattes de derrière. Le camarade Dong donna le signal. Les gars des deux côtés soulevèrent la barre, décollant les pattes de Double Échine du sol, ce qui ne l'empêchait pas de gigoter encore. Le camarade Dong mit lui-même la main à la pâte, attachant les deux pattes arrière de Double Échine, puis donnant les bouts de la corde à deux types en leur disant de tirer chacun de son côté. Après quoi il souleva la queue, y attacha une corde qu'il lança dans le saule et qu'il tira jusqu'à ce qu'elle soit tendue. Il me donna le bout en disant : « Tiens-la bien, ne lâche pas ! »

Très honoré de remplir la mission que m'avait confiée le camarade Dong, je tins la corde fermement, tirant la queue de Double Échine vers le haut.

Maître Du marmonna : « Qu'est-ce que vous fabriquez ? C'est pas orthodoxe, ça ! »

Double Échine meuglait et haletait. Les types qui tenaient la barre horizontale haletaient aussi. L'un d'eux dit : « Chef, on va pas pouvoir tenir… »

L'oncle grêlé lui fila un coup sur la tête. « Espèce de chiffe molle ! Où va ce que tu bouffes ? Tiens-moi cette barre ! Aujourd'hui vous aurez tous un demi-point de travail en plus ! »

Le camarade Dong s'accroupit nonchalamment et grommela : « Allez, vas-y, saute, rue ! Tu fais plus le malin, hein ? »

Puis il jeta rageusement à terre un gros testicule en disant : « Vas-y, rue ! »

Puis il jeta rageusement à terre un second testicule en disant : « Vas-y, rue ! »

Sur ce il se redressa et dit : « C'est bon, vous pouvez relâcher. »

Et tout le monde relâcha barre et cordes.

Double Échine se mit à ruer dans tous les sens, il faillit même rompre la corde. Maître Du se tenait prudemment à l'écart, n'osant pas l'approcher, marmonnant : « Il est devenu fou, il est fou… »

Puis Double Échine finit par s'arrêter.

Le camarade Dong lui dit : « Allez, rue, vas-y, rue ! Pourquoi tu ne rues plus ? »

Il pissait du sang noir. Ses deux pattes arrière étaient rouges, une grande flaque rouge s'étendait sous lui. La tête appuyée contre le tronc du saule, il tremblait de tout son corps.

Le camarade Dong pâlit immédiatement, et son front se perla de gouttes de sueur.

Maître Du s'écria : « Il pisse du sang, il pisse du sang ! »

L'oncle grêlé beugla : « Arrête de faire chier ! Qu'est-ce que tu y connais ? »

Le camarade Dong courut à son vélo, ouvrit la sacoche noire pendue au porte-bagages, prit une seringue, y fixa une aiguille, ouvrit une boîte de médicaments et en sortit trois ampoules de sérum.

L'oncle grêlé intervint : « Camarade Dong, notre brigade est pauvre comme Job, on ne peut pas payer les médicaments. »

Le camarade Dong ne l'écoutait pas, il s'occupait de casser les ampoules et de remplir la seringue.

L'oncle grêlé lança encore : « Couillon de veau, il est bien douillet ! »

Le camarade Dong s'approcha de Double Échine et lui fit prestement une piqûre à l'épaule. Double Échine ne réagit même pas, ce qui montrait que cette douleur, comparée à celle de son entrejambe, était insignifiante.

Le camarade Dong s'accroupit derrière Double Échine et l'inspecta avec soin. Il ne craignait manifestement plus que l'animal lui fiche un coup de pied. Finalement, le flot de sang diminua, puis se transforma en goutte à goutte.

Le camarade Dong se releva et poussa un long soupir.

Voyant que le soleil commençait à décliner, l'oncle grêlé dit : « C'est bon, vous pouvez tous aller aux champs ! Luo Han, apporte les testicules chez ta tante. Camarade Dong, venez, on va boire un coup pour se remettre de nos émotions ! »

Le camarade Dong dit : « À partir de maintenant, il faut prévoir des hommes spécialement chargés de garder ces veaux, le jour comme la nuit. Attention, pas question de les laisser se coucher, sinon leurs plaies se rouvriront ! »

L'oncle grêlé dit :

« Père Du, tu es responsable des veaux !

– Couvrez-les avec des sacs de jute pour qu'ils n'attrapent pas froid, et ne les laissez pas se coucher, surtout celui-là ! dit le camarade Dong en désignant Double Échine.

– Allons-y, vous pouvez être tranquille ! » dit l'oncle grêlé en prenant le camarade Dong par le bras.

Il se retourna vers moi et beugla : « Garnement ! Qu'est-ce que je t'ai dit de faire ? Tu traînes encore ici ? »

Je ramassai les six testicules sanguinolents et fonçai vers la maison de l'oncle grêlé.

2

J'entrai en trombe dans la cour de l'oncle grêlé et jetai les testicules devant ma tante, haletant : « Tante grêlée, voilà des testicules de la part de l'oncle grêlé... »

Elle était en train de se laver la tête, épaules nues, et ces boules roulant à ses pieds lui firent peur. Tenant ses cheveux dégoulinant de la main, elle me regarda en clignant des yeux.

« Espèce de petit sauvage, qu'est-ce que tu apportes, là ?

– Des testicules de veau de la part de l'oncle grêlé, fis-je. Il a dit qu'il fallait enlever les tendons.

– C'est dégoûtant ! Où est ton oncle ?

– Il arrive tout de suite. Ils viennent boire un coup avec le vétérinaire de la commune populaire, le camarade Dong. »

Elle remit en vitesse sur ses épaules la veste qu'elle avait ôtée, enroula ses cheveux dans une serviette. « Espèce de garnement, pourquoi tu me l'as pas dit plus tôt ? Le camarade Dong est un hôte de marque, c'est rare d'avoir quelqu'un comme lui à la maison ! »

À ce moment, l'oncle grêlé entra dans la cour en poussant le vélo du camarade Dong. Avec sa taille de crevette, son cou trop long, sa tête penchée vers l'avant, celui-ci ressemblait à une oie ; ou plutôt, comme il boitait encore, à une oie claudicante.

L'oncle grêlé cria : « Patronne ! Regarde qui est là ! »

La tante leva les sourcils et dit d'un ton surpris : « Eh bien ! Ça alors, camarade Dong, quel bon vent nous vaut cet honneur ? »

Le camarade Dong dit :

« Je n'aurais pas cru que vous me reconnaîtriez.

– Ne pas vous reconnaître ? Pas possible. L'an dernier, vous êtes venu castrer nos porcelets.

– Depuis un an, vous avez toujours le teint aussi clair.

– Ah, camarade Dong, ne vous moquez pas, il faudrait me mettre sur un tas de charbon pour que j'aie l'air d'avoir le teint clair. »

L'oncle grêlé dit :

« Qu'est-ce qui te prend de te laver la caboche en plein jour ?

– C'est parce que nous avons la visite du camarade Dong ! Il faut faire bonne impression sur les dirigeants.

– Que tu te laves les cheveux ou non, tu as toujours l'air aussi sauvage. Va vite préparer ces testicules, le camarade Dong et moi allons boire deux coupes. Est-ce qu'il reste des œufs ? Le mieux serait de nous faire une omelette.

– Des œufs ? Si j'étais une poule, je vous en pondrais quelques-uns tout de suite. »

Le camarade Dong dit :

« Belle-sœur, ne vous donnez pas de peine pour nous.

– Vous êtes là, il faut bien que je me mette en quatre. Camarade Dong, installez-vous donc sur le *kang*[1].

– C'est cela, renchérit l'oncle grêlé en poussant le camarade Dong. Installez-vous sur le *kang*. »

Puis il se tourna vers moi.

« Luo Han, va vite donner un coup de main à ta tante.

– Tiens compagnie à ton invité, ne reste pas entre mes pattes », dit la tante à son mari.

Et elle ajouta : « Luo Han, va me chercher de l'eau au puits. »

J'allai tirer deux seaux d'eau au puits.

---

1. Meuble spécifique de la Chine du Nord. Il s'agit d'un lit de brique chauffé par-dessous, qui se trouve dans le séjour et où l'on s'assoit pendant la journée.

« Va au pied du mur là-bas me cueillir un peu de ciboulette. »

J'allai au pied du mur cueillir une poignée de ciboulette.

« Lave-la », me dit-elle.

Je la lavai sommairement.

Je m'accroupis à côté d'elle et l'observai. Elle disposa les six testicules sur la planche à découper. Le couteau étant mal aiguisé, elle l'affûta sur la pierre du bord de l'évier, cela faisait des étincelles. Puis elle l'essaya, il tranchait déjà mieux. Elle trancha chaque testicule en deux et constata qu'ils étaient pleins de tendons, pas moyen de les enlever. Juste à ce moment, l'oncle grêlé frappa sur le cadre de la fenêtre pour lui rappeler : « Enlève bien les tendons, sinon c'est pas mangeable ! » Elle lui cria : « T'inquiète pas ! Sinon viens le faire toi-même ! » Et elle murmura : « Que j'enlève les tendons ? Même l'as du scalpel à l'hôpital, le Dr Liu, n'y arriverait pas ! » En fait elle ne les enleva pas, tchac tchac tchac, elle découpa les testicules en dés. Elle ajouta : « Ces machins, même si on les fait préparer par le cuisinier de Tchang Kaï-chek, ça a un goût rance, c'est ça qui fait leur goût, pas vrai ? » J'approuvai. L'oncle grêlé revint frapper à la fenêtre. « Dépêche-toi, dépêche-toi ! » La tante répondit : « Ça va, ça va, je les mets de suite à la poêle. Luo Han, va m'allumer le feu. »

Je pris une poignée d'herbes sèches et j'allumai le fourneau.

La tante frotta rapidement la poêle avec une brosse, puis y versa quelques gouttes d'huile prise dans un bidon qui se trouvait derrière le fourneau. Le fumet envahit mes narines.

À ce moment-là, quelqu'un cria à la porte : « Chef ! Chef ! »

Je reconnus tout de suite la voix de maître Du.

Il entra dans la cour en tenant par leurs cordes les trois veaux qui venaient de subir une lourde peine et il les aligna près de la porte. Ils levaient la tête mais avaient l'air si faibles sur leurs pattes qu'on eût dit qu'ils allaient s'asseoir d'un moment à l'autre.

L'oncle grêlé sauta du *kang* et bondit dans la cour. « Qu'est-ce qu'il y a ? Qu'est-ce que tu veux ? »

Le camarade Dong le suivit et demanda, soucieux : « Il se passe quelque chose ? »

Maître Du ne lui répondit pas et commença à se plaindre à mon oncle :

« Monsieur le chef de brigade, vous allez vous régaler, mais moi ?

– Père Du, à ton âge, qu'est-ce que c'est que ces enfantillages ? Il y a un service du protocole pour inviter les hôtes d'État, Qiao Guanhua invite Kissinger à dîner, et tu voudrais y assister ?

– Ce n'est pas ça du tout, protesta maître Du.

– Si ce n'est pas ça, qu'est-ce que tu veux dire, alors ? »

Maître Du expliqua :

« Le camarade Dong nous a répété qu'il ne fallait pas laisser les veaux se coucher, surtout Double Échine, pas vrai ? S'ils se couchent, leur plaie risque de se rouvrir, pas vrai ? Et si leur plaie se rouvre, elle ne guérira pas, pas vrai ? Mais ils veulent se coucher, je les tiens par la corde mais ils essaient quand même, et si je les quitte, ils s'allongeront de suite.

– Eh bien ! Tu n'as qu'à ne pas les quitter ! dit l'oncle grêlé.

– Il faut pourtant bien que je rentre chez moi dîner, non ? Je ne vous accompagne pas pour déguster les testicules avec le camarade Dong, mais je dois bien rentrer chez moi manger une patate douce, non ? Et puis il faut bien nourrir les treize vaches de la brigade, non ? Et il faut bien que je dorme aussi, non ?

– J'ai compris, ça va, ce n'est pas la peine d'en rajouter, le Parti ne peut pas te maltraiter. »

Il me cria depuis la cour : « Luo Han, je te confie une mission. Va garder les vaches avec maître Du, je te compterai une journée de travail. »

La tante jeta les dés de testicule dans l'huile chaude. Le bruit de sa spatule au fond de la poêle et l'odeur de la friture emplirent la maison.

« Luo Han, tu as entendu ? gueula l'oncle grêlé dans la cour.

– Vas-y, me dit doucement ma tante. Je t'en garde un bol. Quand il fera nuit, je t'appellerai. »

Je me levai et j'allai dans la cour. Le soleil rougeoyait déjà, il allait bientôt se coucher.

3

Maître Du me confia les veaux et repartit. Je le suivis en criant : « Père Du, dépêchez-vous ! Moi non plus, je n'ai pas dîné ! » Mais il ne se retourna même pas.

Je regardai les trois malheureux veaux. Ils me regardèrent aussi. De leurs yeux humides émanait une profonde tristesse. Ils n'auraient plus jamais l'occasion de grimper une femelle. Double Échine avait un peu plus de chance, il aurait une belle descendance ; mais les deux Luxi n'en auraient pas, leur lignée était coupée. Je vis leur regard, en plus de la tristesse, briller d'un sentiment que je devinais être de la haine pour le genre humain. J'avais un peu peur. Je me disais qu'ils pouvaient très bien, tout blessés qu'ils étaient, m'attaquer brusquement par-derrière et me laisser à demi mort. Je leur tins ce langage : « Les gars, faut pas m'en vouloir pour l'affaire d'aujourd'hui. Moi, je suis votre ami. L'hiver dernier, nous avons affronté ensemble la terre gelée et les rivières glacées. Si ça ne tenait qu'à moi, on ne vous aurait pas châtrés… » Je vis dans leur regard une lueur de compréhension. Ils pleuraient à chaudes larmes et très bruyamment. Je leur caressai le front, plein de pitié pour leur sort. Je leur dis : « Les deux Luxi, Double Échine, il faut marcher pour ne pas mourir. » J'entendis Luxi dire : « On nous a coupé les roustons, à quoi bon vivre encore ? » Je répondis : « Les gars, ne pensez pas ça, le proverbe dit bien : "Survivre vaut mieux qu'une belle mort", alors marchons… » Je les tirai dans la ruelle le long de la maison de l'oncle grêlé, en direction de la rivière.

Lorsque notre équipage arriva au bord de l'eau, le soleil avait déjà disparu derrière l'horizon. Des nuages flamboyaient dans le ciel à l'ouest, me faisant penser au sang entre les pattes de Double Échine. Sur la digue le long de la rivière étaient plantés de nombreux sophoras tout noirs, qui étaient alors en pleine floraison et dégageaient une odeur enivrante. Il y a deux types de fleurs de sophora, des blanches et des roses, mais la lumière du soir leur donnait une teinte rouge sang.

Je marchais avec mes veaux sous les nuages empourprés du crépuscule, le parfum entêtant des fleurs me donnait le vertige. Mais j'étais d'une humeur sombre, et les veaux encore plus que moi. Je ne pensais qu'aux dés de testicule en train de frire dans la poêle de ma tante grêlée. Même s'ils avaient un goût prononcé d'abats, c'était de la viande. Et la dernière fois que j'en avais mangé, de la viande, c'était un bol de gras de porc que j'avais piqué cinq ans avant, lors du mariage de ma sœur. J'étais mécontent de ne pas pouvoir manger les testicules des veaux, et eux étaient mécontents de les avoir perdus, c'était là le lien entre nos frustrations.

Le crépuscule touchait à sa fin, et toujours pas de signe de maître Du. Cela faisait plus de six mois que je gardais les vaches avec le bougre et je savais parfaitement à quel point il était odieux. Il piquait souvent les grains dans les trous de mulot et les mettait dans ses poches ; il disait aussi qu'il allait me donner sa fille cadette en mariage, afin que je lui obéisse comme un petit chien. Il habitait près des jardins maraîchers qui bordaient la rivière, dans lesquels j'avais sué sang et eau. Il y avait là neuf plates-bandes de ciboulette, qui rapportaient à chaque récolte quelques dizaines de yuans. La première récolte du printemps rapportait davantage. Comme je pensais à son jardin maraîcher, mes pas m'y menèrent. Juste à côté se trouvait un bosquet de vigoureux paulownias, dont on disait qu'ils étaient de la qualité supérieure provenant du district de Lankao où Jiao Yulu[1] était secrétaire du Parti. Les plants de ciboulette faisaient quinze centimètres de hauteur, il allait falloir les couper bientôt pour les

1. Cadre révolutionnaire modèle de l'époque.

vendre au marché. Maître Du, courbé, était en train de répandre le contenu d'un pot de chambre dans les plates-bandes ; les excréments humains étaient alors un bien commun, qui appartenait à la brigade de production, mais maître Du les utilisait impudemment pour son propre lopin de terre. Au nom de quoi se le permettait-il ? Parce que son gendre, celui qui avait épousé sa fille aînée, était cuisinier à la cantine de la commune populaire. Celui-ci était maigre comme une mante religieuse. On disait que ses prédécesseurs étaient tous maigres en arrivant à la cantine mais qu'avant un an ils avaient pour ainsi dire gonflé comme des ballons. Le secrétaire de la cellule du Parti de la commune s'était fâché, les accusant de manger toutes les bonnes choses de la cantine, et il avait chassé tous les cuisiniers qui avaient engraissé à vue d'œil. Seul le gendre de maître Du, après plusieurs années, était toujours aussi maigre : le secrétaire du Parti se félicitait de ce cuisinier qui n'était pas gourmand. Maître Du m'avait confié une fois qu'en fait son gendre était un gros mangeur, qu'il avalait à chaque repas trois *mantou*[1] et un plat de viande. Qu'est-ce que c'était qu'un « ventre heureux » ? C'était un type comme ce gendre, venu sur terre pour s'empiffrer impunément… En pensant à cela, mon ventre se mit à

1. Pains cuits à la vapeur.

gargouiller, mais, juste au moment où j'allais appeler, je vis la cadette de maître Du, qu'on appelait Wuhua, trottiner sur la digue en portant deux seaux d'eau à la palanche.

Son père me l'avait promise en secret, et j'avais déjà beaucoup rêvé d'elle. Un jour où j'avais trouvé quelques pièces de monnaie dans une poche de l'oncle grêlé, j'étais allé à la coopérative acheter vingt bonbons ; je n'avais osé en manger que deux et lui avais offert les dix-huit autres. Elle les avait mangés en gloussant de plaisir, mais quand j'avais voulu tâter ses seins, elle m'avait donné un coup de poing dans le ventre sans la moindre hésitation, et je m'étais retrouvé le cul par terre. « Ça n'a pas encore de poil au menton et déjà ça pense à ça ! » avait-elle dit. Plus j'y songeais, plus je trouvais que ce n'était pas juste. Je lui avais offert dix-huit bonbons pour rien, et j'avais reçu un coup de poing par-dessus le marché. Il n'y avait pas plus crétin que moi au monde. J'avais pleurniché : « Rends-moi mes bonbons... Rends-moi mes bonbons... » Elle m'avait craché au visage du jus de bonbon en disant : « Et tu veux pas reprendre le pipi que tu as pissé aussi ? Tu crois qu'on peut reprendre ce qu'on a donné ? » J'avais dit :

« Ne me rends pas mes bonbons, si tu veux. Mais laisse-moi te peloter !

– Rentre chez toi peloter ta sœur !

– Je m'en fous, de ma sœur. C'est toi que je veux peloter.

– Si tu commences à te conduire comme un voyou à ton âge, qu'est-ce que ce sera quand tu seras grand !

– Si tu me laisses pas te tâter, rends-moi mes bonbons !

– Espèce de sauvage, quel pot de colle ! »

Elle avait regardé de tous les côtés puis avait dit à voix basse : « Tu veux vraiment me toucher ? » J'avais hoché la tête, parce que j'étais déjà excité au point de ne plus pouvoir parler. Elle était allée se cacher derrière un arbre, les mains sur l'ourlet de sa veste, et avait dit impatiemment : « Dépêche-toi… » Tremblant de peur, j'avais tendu la main… Elle avait dit :

« Ça va, ça suffit !

– C'est pas assez ! »

Elle m'avait repoussé : « Va te faire voir, tu en as déjà bien profité ! » Elle avait ajouté : « Si tu parles de ça à qui que ce soit, je te déchirerai la gueule ! » J'avais dit : « En fait, ton père t'a déjà destinée à être ma femme. » Elle s'était figée, puis avait éclaté de rire.

« Pourquoi tu ris ? avais-je protesté. C'est vrai. Si tu ne me crois pas, tu n'as qu'à lui demander.

– Un petit freluquet comme toi ? »

Une histoire de ma tante sur une grande fille mariée à un petit type m'était venue à l'esprit, et j'en avais repris la chute :

« Les petits ruisseaux font les grandes rivières, un petit piment vous enflamme la bouche. Aujourd'hui je suis petit, mais un jour je serai grand !

– Qui t'a appris ça ? avait-elle demandé.

– Ça ne te regarde pas.

– Bon, alors tu n'as qu'à grandir. Quand tu seras grand, tu m'épouseras. »

Et sur ces mots elle était partie.

Peu après cet épisode, les choses avaient pris une tournure qui m'avait causé une douleur insupportable. Wuhua, qui avait accepté que je l'épouse quand je serais grand, s'était fiancée avec un petit menuisier d'un village voisin. Ce petit menuisier était à peine plus grand que moi, il avait une dentition noire, trois poils sur le caillou qui se battaient en duel, et toujours l'air ébouriffé. Ce type venait souvent dans notre village avec une scie et une hache pour acheter du bois. Il avait tout le temps un crayon calé sur l'oreille, ça faisait chic. Je devinais que c'était à cause de ce crayon que Du Wuhua s'était fiancée avec lui. Le jour de ses fiançailles, il y avait beaucoup de villageois à sa porte pour voir le spectacle. Je m'étais mêlé à eux. Les vieilles commères jasaient, elles disaient que les filles du père Du étaient toutes grassouillettes, ça portait bonheur. L'aînée avait épousé le cuisinier de la commune populaire, elle faisait bombance tous les jours. La deuxième avait épousé un bûcheron de

Daxingan dans le Nord-Est ; quand ils revenaient au village, ils portaient des chapeaux de fourrure de renard, des pantalons de velours côtelé et des vestes de velours. La troisième avait épousé le responsable du chenil du commissariat de police du district et, malgré son vilain surnom de « rabiot de chien », la réalité était que le rabiot des chiens-loups était de la viande. La quatrième avait fait encore mieux. Elle avait épousé le chef des abattoirs de la commune populaire Song Wulun, qui avait tout le temps sous la main des dizaines de coupons de viande. Autant dire qu'il était bien accueilli partout. Et le petit menuisier qu'allait épouser la cinquième était une louche à ramasser l'argent, ça se voyait tout de suite. Sur ces mots, l'équipage du petit menuisier arriva sur les lieux. Ciel ! Il y avait quatre vélos « Cerf d'or », chacun chargé de trois paniers d'osier couverts d'un voile rouge. Lorsque le cortège s'arrêta, les commères se groupèrent autour, soulevant le voile, et virent des *mantou* géants, blancs comme neige, avec de petits points rouges dessus. Maître Du et sa femme, qui s'étaient mis sur leur trente et un, sortirent, souriant à la famille du petit menuisier. Je voulais voir la tête que ferait Du Wuhua, mais elle restait cachée, comme une espionne de la clique américaine de Tchang Kaï-chek. Plus tard j'ai entendu dire que le petit menuisier avait offert à Du Wuhua trois ensembles : un en velours, un en velours côtelé et un en rayonne de Hangzhou. Il y avait trois paires de bas de nylon, une rouge, une bleue, une violette. Trois ceintures, une en cuir de vache, une en peau de porc, une autre en cuir synthétique. Et quand Du Wuhua appela timidement le père du petit menuisier « papa », il lui offrit cent yuans. Étonné par tant de richesse, ma colère initiale s'apaisa considérablement. Je pensai qu'à la place de Du Wuhua je n'aurais pas hésité non plus à épouser le petit menuisier.

À présent, mon ancienne fiancée Du Wuhua, chargée d'une palanche avec deux seaux d'eau, semblait voler sur la digue comme un busard. Tout chez elle avait pris des proportions énormes : elle avait une grosse tête, un grand visage, de grands yeux, de grandes mains et de grands pieds. Elle aurait pu certainement m'envoyer à terre d'une gifle, ou d'un coup de pied me faire valdinguer à six mètres. Si je l'avais épousée, elle m'aurait peut-être battu à mort. Mais dans mon cœur j'avais néanmoins du sentiment pour son corps, dans lequel tout était grand, parce qu'elle avait été ma fiancée. À cette époque elle avait un surnom, « Six Cents points », parce qu'en fait elle était capable de gagner plus de trois mille points de travail en un an. Elle était la femme de notre brigade de production qui en gagnait le plus. Elle avait un autre sobriquet : « Triple Grande ».

Bien sûr il ne s'agissait pas des « grand slogan, grande diffusion, grande affiche[1] », mais de « grande tête, grandes hanches, grande maman ». Je n'aimais pas ce sobriquet et je savais qu'elle le détestait aussi. Après ses fiançailles avec le petit menuisier, lorsque je l'avais rencontrée un jour au bord de la rivière, je l'avais méchamment appelée ainsi. Elle m'avait poursuivi sur deux kilomètres en brandissant sa palanche. Heureusement que depuis que j'étais petit j'étais bon pour grimper dans les arbres et sur les toits et que je courais comme un lapin ; elle ne m'avait pas rattrapé. Je sais que si ce jour-là elle y était parvenue ma vie n'aurait pas valu cher. Après cela, lorsque je la croisais, elle me fusillait du regard tandis que je hochais la tête et faisais une courbette.

Elle arriva à ma hauteur et me lança :

« Luo Han, qu'est-ce que tu fais par ici ? Tu viendrais pas piquer notre ciboulette, par hasard ?

– Qui voudrait de vos pauvres arpents de ciboulette ?

– Si tu veux pas notre ciboulette, pourquoi tu viens traîner par ici ?

– Je viens chercher ta canaille de père ! »

Elle fila dans leur jardin sans prendre la peine de me répondre. Je savais que leur ciboulette était prête

1. Expression qui recouvrait les trois moyens d'action principaux pendant la Révolution culturelle.

à être récoltée et à cette période les Du arrosaient ces plates-bandes à tout bout de champ, pour augmenter la quantité. Elle versa ses deux seaux d'eau sur les plants sans même les décharger de la palanche. Elle était vraiment baraquée, d'une force peu commune. Elle passa devant moi avec la palanche, bombant le torse, et moi avec mes veaux, je lui bloquai le passage. Elle me lança un regard et dit : « Dégage ! » Je la regardai dans les yeux et dis :

« Je garde des veaux pour le compte de la brigade de production, alors que tu fais la capitaliste. Pourquoi te laisserais-je passer ?

– Petit Luo Han, je sais que tu m'en veux, mais tu devrais laisser pisser, ça te fera du bien.

– Depuis que tu t'es fiancée avec ce petit menuisier, je trouve que tu es de plus en plus laide.

– J'ai jamais été jolie, c'est maintenant que tu t'en aperçois ?

– Et puis en plus tu as de la moustache ! »

Elle se passa la main sous le nez et rit silencieusement. Puis elle dit à voix basse :

« Je suis laide, j'ai de la moustache, je suis la Triple Grande, ça te va ? Laisse-moi passer.

– Tu m'as trompé ! Tu m'avais promis d'attendre que je grandisse pour m'épouser… »

À peine avais-je prononcé ces mots que de grosses larmes s'échappèrent de mes yeux. J'avais prévu de prendre un ton peiné, pour profiter un peu d'elle à tout hasard, mais pas de pleurer, surtout si abondamment. J'entendis alors sortir de sa grosse poitrine un profond soupir, puis son visage prit une expression tendre et elle devint incomparablement belle, à mes yeux. Elle me dit, d'un air perdu :

« Luo Han, Luo Han, tu es petit, mais quel diable tu fais... Qu'est-ce que tu veux que je te dise ? Tu vois bien que si j'avais attendu que tu grandisses, j'aurais eu les cheveux blancs...

– Grande sœur, Triple Grande, tu as bien fait de te fiancer avec le petit menuisier. Rien que pour ses *mantou* tu as eu raison. Mais pourquoi tu ne m'en as pas donné un ? »

Elle éclata de rire.

« Si je te donne un *mantou*, tu ne seras plus fâché ?

– Oui, si tu me donnes un *mantou*, je crois que je ne serai plus fâché.

– Alors c'est facile, c'est décidé. »

J'ajoutai :

« Je voudrais aussi...

– Qu'est-ce que tu voudrais encore ? demanda-t-elle d'un regard sévère. Faudrait pas exagérer.

– Je voudrais te peloter encore...

– Va falloir que tu discutes de ça avec le menuisier. Mes rondeurs sont à lui, maintenant. Mais s'il est d'accord, je te laisserai tâter.

– Je n'oserais jamais le lui demander.

– Je comprends que tu veuilles pas lui demander. Avec sa hache il est plus rapide que l'éclair. En moins de deux il te couperait les pattes !

– Wuhua ! Dépêche-toi d'aller chercher de l'eau au lieu de faire la causette ! gueula maître Du en se redressant, irrité.

– Père Du, c'est moi ! criai-je. Vous vous occupez de votre jardin comme un capitaliste en me laissant les trois veaux. De quoi ça a l'air ? Vous maltraitez les enfants !

– Luo Han, tiens encore un peu. Je viendrai te remplacer quand j'aurai mangé.

– Je n'ai rien mangé depuis midi, j'ai l'estomac dans les talons !

– On ne va pas se battre ! On a gardé les vaches ensemble un hiver et la moitié d'un printemps, on est amis ! Garde-les encore un moment, tu n'y perdras rien. »

Je pensai : Le vieux renard, s'il croit m'avoir avec son baratin, il se fourre le doigt dans l'œil ! Sur quoi je lâchai la corde des veaux et dis : « Double Échine va se coucher d'un moment à l'autre. S'il meurt, on verra à qui le chef de la brigade le reprochera ! »

Ces mots suffirent à faire sortir maître Du de son jardin comme un singe en criant : « Luo Han, Luo Han, ne fais pas ça ! »

Il ramassa la corde des veaux, me la remit dans la main en disant : « Garde-les encore, je vais manger tout de suite. »

Et il retourna chez lui.

Wuhua ricana.

« Tu traites mon père comme ça, et tu as le front de vouloir me peloter ?

– Et si tu me laissais te peloter, aurais-je le front de traiter ton père comme ça ? »

4

Nous tirâmes ces trois veaux complètement crevés jusqu'à la venelle de la maison de l'oncle grêlé et les fîmes marcher de long en large. Lorsque nous passions devant sa grande porte, nous nous arrêtions, sans nous être concertés, tendions l'oreille, guettant les bruits de la maison. Les yeux de maître Du luisaient dans le noir. Il reniflait et disait : « Ça sent bon. La vache, que ça sent bon ! »

Je sentais aussi ce fumet, bien sûr, mais je n'étais pas certain que c'était celui des testicules frits. Cependant, qu'est-ce que cela aurait pu être d'autre ?

Je lui mis dans les mains les cordes des deux Luxi et courus dans la maison. Je pouvais oublier un tas de choses, mais pas que ma tante m'avait promis de me garder un bol de testicules sautés. Elle avait dit qu'elle m'appellerait quand la nuit serait tombée. Mais elle était tombée depuis longtemps, et elle ne m'avait pas encore appelé. Pourquoi attendre ? Pouvais-je faire le fier ? Je n'allais pas attendre qu'on m'appelle. Si je ne sautais pas maintenant sur l'occasion, il y avait toutes les chances pour que ma part soit mangée par je ne sais qui.

Non seulement maître Du ne prit pas les cordes que je lui tendais, mais il lâcha celle qu'il tenait. Il me retint par le bras et me demanda, furieux :

« Où vas-tu comme ça ?

– Je vais voir ce que tante grêlée fait frire.

– Ce n'est pas à toi d'aller voir, dit-il. S'il faut y aller, c'est à moi de le faire.

– Et pourquoi ce serait vous ? criai-je, tirant de toutes mes forces pour me dégager.

– Je suis plus âgé que toi et j'ai quelque chose à demander au chef. »

Il me poussa devant les veaux en disant : « Surveille-les bien, il ne faut pas qu'ils se couchent ! » Et il entra d'un pas résolu dans la cour de l'oncle grêlé.

Une vive colère me gagna. Je voyais déjà maître Du avaler le bol de testicules sautés qui me revenait. Grand Luxi, petit Luxi, Double Échine, vous les trois taurillons qui venez de perdre vos testicules, couchez-vous si vous voulez ! Si vous n'avez pas peur de rouvrir vos plaies, couchez-vous ! Si vous avez assez vécu, couchez-vous ! Je suis le garnement le plus tristement célèbre du village, pas question que je laisse maître Du me piquer un mets de gourmet qui m'est destiné ! Je lâchai les cordes et fonçai dans la cour. Mais j'avais quand même peur de l'oncle grêlé et je n'osai pas entrer directement dans la maison. Il fallait que j'observe avant. J'évitai le rayon de lumière qui sortait de la porte de la cuisine, je courbai l'échine et j'avançai à tâtons jusqu'à la fenêtre de bois sculpté, couverte de papier blanc. Je fis comme dans les romans de cape et d'épée : je tirai la langue et léchai le papier jusqu'à ce qu'il se déchire, et j'observai la scène par ce petit trou. Je vis d'abord naturellement la table de bois de rose dressée sur le *kang*. Il y avait trois plats : l'un dans lequel il restait un peu de testicules à la ciboulette, le deuxième pareil, et le troisième à moitié plein. Cela mis à part, il y avait aussi sur la table deux gobelets verts et deux paires de baguettes rouges, et aussi une bouteille verte qui avait contenu de l'insecticide. Maintenant elle contenait de l'eau-de-vie. À cette époque on avait l'habitude de mettre l'eau-de-vie dans des bouteilles ayant contenu de l'insecticide. Lorsqu'on en avait fini une, on la mettait à tremper dans la rivière, puis on la repêchait après quatre, cinq jours. L'oncle grêlé disait que l'eau-de-vie conservée de la sorte était bien meilleure. Il était assis sur le *kang* face au camarade Dong, séparé de lui par la table basse en bois de rose. Cette table brillait comme une aubergine. Elle faisait partie de la dot de la tante. Elle servait à présent de meuble précieux chez l'oncle grêlé, on ne la sortait que pour les hôtes de marque. Je songeai que l'on faisait beaucoup d'honneur au camarade Dong. Ma tante était assise à côté de mon oncle, la bouche luisante d'huile : elle avait goûté au plat avec les baguettes de l'oncle. Elle avait le visage en feu, elle avait sûrement bu à sa timbale aussi. Et finalement, je ne pus pas ne pas voir assis sur le *kang* ce salopard de père Du. Ce salopard de Du Yumin qui m'avait promis sa fille Du Wuhua en mariage et qui avait avalé sa promesse pour la fiancer au petit menuisier du village voisin. Du Yumin était son vrai nom, mais nous ne l'appelions jamais comme ça, on l'appelait Du Lumen[1]. Il était assis sur un petit banc, tenant un genou de ses deux mains, le dos droit comme un pinceau, comme un élève de cours préparatoire. Il avait au menton un petit bouc blanc. Son visage était très long, sa lèvre supérieure courte, et l'inférieure épaisse. Il avait un œil plus grand que l'autre, parce que quand il était jeune il avait eu un furoncle à la paupière. Le petit œil bougeait tout le temps alors que le grand était fixe. Il portait une veste noire fourrée garnie de boutons de cuivre. Il disait qu'ils lui venaient de son grand-père. Ces boutons scintillaient, et son crâne aussi. Il disait en faisant bouger sa grosse lèvre :

1. Du Lumen est la prononciation – et de ce fait la transcription – en chinois du nom du président américain Truman.

« Camarade Dong, chef, je voulais vous dire que les plaies des deux Luxi ne saignaient plus, et qu'après le dîner celle de Double Échine a aussi cessé de saigner.

– Bon, bon, bon, s'ils ne saignent plus, tout ira bien », dit le vétérinaire.

Le visage gris du camarade Dong avait pris une teinte violacée, il semblait avoir déjà pas mal bu. En tant qu'agent public, il ne pouvait pas s'asseoir en tailleur comme l'oncle grêlé : il avait l'air embarrassé avec ses jambes, qu'il déployait et repliait sans cesse sous lui.

« Camarade Dong, si vous n'êtes pas à l'aise, asseyez-vous donc sur mon oreiller, dit la tante grêlée.

– Comment oserais-je ?

– Pas la peine de faire tant de politesses, dit-elle, prenant un coussin de la tête du lit et le glissant sous les fesses du camarade Dong.

– Ah, c'est plus confortable », dit-il.

L'oncle grêlé prit la bouteille d'eau-de-vie et remplit le gobelet du camarade Dong. « Buvez donc, vous avez eu une rude journée. »

Le camarade Dong leva son gobelet, toussota et le vida d'un trait.

Truman se lécha les lèvres et dit : « Chef, j'ai une idée. »

L'oncle grêlé demanda avec impatience :

« Ah oui ? Quoi donc ?

– La castration, c'est une grosse opération pour les veaux. Je propose qu'on leur fasse des boules de son et de haricots avec de l'eau, c'est plus nourrissant, pour qu'ils se remettent plus vite...

– Ça te fait pas mal au dos de dire de telles âneries ? Le son, les haricots, ils tombent du ciel, peut-être ? Notre brigade est pauvre au point de ne pas pouvoir se payer de l'huile pour les lampes.

– Camarade Dong, qu'en dites-vous ? Ne faut-il pas requinquer un peu ces veaux châtrés ? » demanda Truman.

Le camarade Dong regarda l'oncle grêlé et dit : « Si vous pouvez vous le permettre, naturellement c'est mieux. Si vous ne pouvez pas, tant pis. Les veaux, après tout, c'est du bétail. »

Le chef dit :

« Tu as autre chose à dire ? Sinon va garder les veaux, ce garnement de Luo Han n'est pas fiable.

– Je m'en vais », dit Truman en se levant.

Puis il ajouta, comme s'il venait d'y penser : « Voyez, on cause, on cause, et j'allais oublier le plus important. »

L'oncle grêlé lui jeta un regard qui montrait qu'il savait où il voulait en venir.

« Mon gendre, celui de mon aînée, dès qu'il a su qu'on allait châtrer des veaux à notre brigade, est revenu au village, dit-il, les yeux rivés sur le plat de testicules sautés. Il m'a dit que le secrétaire du Parti de la commune populaire, M. Chen, était très amateur de testicules et qu'il lui avait demandé d'en rapporter pour les lui préparer. Je lui ai dit qu'il s'y prenait trop tard, que cette fois les testicules, qu'il y en ait six ou soixante, finiraient dans le ventre du chef de brigade. Il n'ose plus rentrer de peur de se faire enguirlander, alors je lui ai dit : "Tu n'as qu'à leur raconter que la brigade a décidé d'offrir ces testicules au vieux héros révolutionnaire, le père Zhang." Comme ça, même s'il n'était pas content, le secrétaire Chen ne pourrait rien dire, n'est-ce pas ? Il m'a dit : "Beau-papa, vous avez de la ressource." Il m'a répondu de venir vous dire que pour préparer les testicules il fallait un peu de vinaigre et de l'eau-de-vie, des oignons, un peu de gingembre et, si vous en avez, du poivre du Sichuan et du fenouil, en petite quantité, comme ça le goût d'abats ne se sent pas trop, même si on n'a pas enlevé les tendons. Si on n'ajoute pas ces ingrédients, même si on enlève les tendons, le goût rance reste. » Il prit une baguette devant le camarade Dong, piqua légèrement les dés de testicule sautés dans le plat. « Vous n'avez mis qu'un peu de ciboulette ? » Il prit une autre baguette, ce qui en fit une paire, attrapa un morceau, le porta à son nez et huma : « Un truc aussi bon, vous l'avez saboté ! Quel dommage ! Si on les avait fait préparer par mon gendre, le goût serait cent fois meilleur ! » Il renifla à nouveau le dé de testicule et dit :

« Il pue, il a ce goût âcre, quel dommage !

– Monsieur Du, goûtez-en donc un peu, peut-être que dans la bouche ce goût disparaît », dit la tante.

L'oncle grêlé tança sa femme : « Tu oses faire goûter à M. Du quelque chose d'aussi mauvais ? Lui qui fait bombance tout le temps goûterait ça ? »

Maître Du remit le dé de testicule dans le plat, reposa les baguettes devant le camarade Dong et dit :

« Vous exagérez quand vous dites que je fais bombance tous les jours, mais si vous dites que j'ai toujours eu de la viande, c'est vrai. Faut bien que ça serve à quelque chose d'avoir un gendre aux abattoirs !

– Monsieur Du, vous êtes l'homme le plus heureux que je connaisse, dit le camarade Dong. Même le secrétaire du Parti de la commune populaire n'a pas autant de veine !

– C'est grâce à vous », dit maître Du en s'en allant.

Il fit deux pas puis se retourna et dit :

« Chef, je suis vieux, je ne peux plus faire de nuit blanche. Je tiendrai la première moitié de la nuit, mais je ne m'occuperai pas de la deuxième !

– Et si tu ne t'en occupes pas, qui le fera ? C'est toi, l'éleveur ! dit l'oncle grêlé.

– L'éleveur est celui qui nourrit le bétail, pas celui qui le garde.

– Je ne rentre pas dans ces détails. De toute façon, s'il arrive quelque chose aux veaux, c'est toi que j'irai trouver.

– Vous abusez de l'honnêteté des gens ! »

Il sortit en maugréant. Craignant qu'il ne me voie, je m'accroupis sous la fenêtre. En passant de la lumière de la pièce à l'obscurité de la cour, il ne pouvait pas me voir. Je le regardai s'en aller d'un pas mal assuré. Je profitai de l'occasion pour me glisser dans la cuisine, ôter le couvercle de la poêle et y plonger la main. Il y avait bien dedans un bol. Je vérifiai : il était plein. Je sentis tout de suite l'odeur des testicules sautés. La tante grêlée était bien quelqu'un de confiance qui respectait les contrats. Je filais dans la cour avec mon bol lorsque j'entendis maître Du gueuler de tous ses poumons à la porte : « Chef, chef, catastrophe ! Les veaux se sont couchés ! »

J'avais d'autres chats à fouetter. Je m'accroupis dans un coin sombre derrière une botte de foin et j'enfournai les dés de testicule sautés dans ma bouche. Je vis l'oncle grêlé et le camarade Dong sortir précipitamment de la maison. L'oncle cria : « Luo Han ! Luo Han ! Sale garnement ! Où te caches-tu ? » Je me dépêchai d'avaler mes dés de testicule, sans me préoccuper ni de les mâcher ni de leur goût âcre. Lorsque j'eus fini, je posai le bol, rotai et sortis lentement de derrière ma botte de foin. Ils étaient dans la ruelle à s'égosiller. J'étais tout content de moi. Père Du, père Du, vieux renard, aujourd'hui je t'ai bien eu.

Je passai le portail, et l'oncle grêlé m'attrapa par le bras. « Garnement ! Qu'est-ce que tu étais allé foutre ? »

Je répondis crânement :

« J'ai rien foutu de mal, je bouffais des testicules de veau !

– Quoi ! Tu as mangé des testicules ? s'écria maître Du, tout étonné.

– Oui, un bol entier, dis-je.

– Vous voyez, chef, il est de votre famille, il s'appelle aussi Guan. Je lui confie la garde des veaux, mais il est allé manger et les a laissés se coucher. S'ils s'en tirent, tant mieux. Mais s'ils meurent, je ne suis nullement responsable ! Camarade Dong, vous pourrez en témoigner !

– Arrêtez de causer, allons vite les relever », dit le camarade Dong, inquiet.

Ahanant, ils relevèrent Luxi, mais Double Échine se coucha. Ils relevèrent Double Échine et Luxi se recoucha. Il leur fallut du temps avant de les relever tous les trois.

Le camarade Dong frotta une allumette et inspecta leurs plaies. Il pressa des caillots de sang noir de la taille d'un raisin des bourses vides mais enflées de

Double Échine. Il se redressa, lâcha un rot sonore et puant, et dit en titubant :

« Le ciel nous garde, ça va encore, c'est du sang extravasé. Si ça se trouve, c'est mieux, c'est bien de l'évacuer, ce serait embêtant qu'il reste dans les bourses. Mais je dois vous dire de la façon la plus solennelle qu'il faut à tout prix éviter qu'ils ne se recouchent, sinon on est sûr que ça ira mal. Monsieur Guan, vous êtes le chef de la brigade, vous devez vous en occuper personnellement ! Le travail, c'est comme ça. Si on ne prend pas les choses en main sérieusement, ça ne sert à rien !

– Soyez tranquille, je prends les choses en mains, je vais suivre ça de très près ! » dit l'oncle grêlé.

5

L'oncle grêlé ne suivit rien de très près et ne prit rien en mains. Après avoir raccompagné le camarade Dong qui partit sur son vélo tel un cerf aveugle, se cognant partout, il s'appuya d'une main contre le mur et pissa un coup. Maître Du dit : « Chef, le jour je dois nourrir les bêtes et nettoyer l'écurie. Vous ne pouvez pas me demander de les garder toute la nuit en plus ! »

L'oncle grêlé se retourna, les yeux mi-clos. « Et si tu les gardes pas, qui va les garder ? Tu ne veux tout de même pas que ce soit moi ? Faudrait pas oublier qui tu es juste parce que tu as quelques gendres qui bossent à la commune populaire. Un qui tue les porcs, l'autre qui fait la tambouille. Avant la Libération c'étaient des sales boulots, et aujourd'hui ils font les fiers ! »

Maître Du demanda froidement :

« Vous voulez dire que maintenant c'est pas mieux qu'avant la Libération ?

– Qui a dit que maintenant c'était pas mieux qu'avant la Libération ? Je suis paysan pauvre depuis trois générations, on a bouffé de la vache enragée et on est enragés. Avant la Libération on croupissait dans la fange, depuis la Libération on baigne dans le sirop, et j'irai dire qu'avant la Libération c'était mieux ? Il n'y a que des paysans moyen-pauvres comme vous qui peuvent dire des choses pareilles. N'oubliez pas que vous n'êtes que des alliés objectifs. La vraie force révolutionnaire, c'est nous ! Le Président Mao l'a dit : "Sans les paysans pauvres, pas de révolution", c'est clair ? »

Maître Du se calma un peu et dit à voix basse :

« En fait j'ai le souci de la collectivité. Ces trois taurillons sont importants, les treize vaches aussi...

– Entre ce qui est important ou non, vous confondez tout. S'il y a un problème, on le résoudra demain ! »

Sur ce, il entra dans la cour et claqua le portail.

Maître Du cracha un mollard sur la porte et jura entre ses dents :

« Grêlé, que ta lignée s'éteigne !

– Eh bien, vous osez injurier mon oncle ! dis-je.

– Et alors ? Oui je l'insulte : "Grêlé, ta lignée s'éteindra, et tu n'auras pas une belle mort !" Alors ? Va donc le lui répéter ! »

Il prit la corde de Double Échine et se mit à avancer péniblement. Double Échine boitait et titubait, comme un vieux bœuf à l'article de la mort. Je songeai à la fougue avec laquelle il montait les vaches dans le pré du nord-est, non sans amertume.

Je tirai les deux Luxi derrière Double Échine, le visage tout près de sa queue. J'avais le nez à peu près à la hauteur de son échine, et je pouvais voir par-dessus la bosse de son dos celui de maître Du.

Nous marchâmes silencieusement jusqu'à la digue bordant la rivière. Le parfum des fleurs de sophora envahissait la nuit, au point de me faire éternuer. Double Échine éternua aussi plusieurs fois. Moi, cela ne me faisait pas mal d'éternuer. Au contraire cela me redonnait un peu d'énergie. Mais cela faisait terriblement souffrir Double Échine. Lorsqu'il éternuait, tous ses muscles se contractaient, ce qui se répercutait sur sa plaie. Je voyais qu'à chaque éternuement il faisait le gros dos, au point de ressembler à un dromadaire.

Maître Du m'ignorait, tout ça à cause de ce bol de testicules sautés, et je comprenais tout à fait ses sentiments. Il tira Double Échine jusqu'à un arbre et attacha sa corde haut sur le tronc, très court pour éviter qu'il ne se couche. Double Échine avait le cou tiré vers le ciel, comme s'il avait été pendu. Je ne pus qu'admirer l'intelligence de maître Du. Comment n'avais-je pas moi-même pensé à ce moyen si simple ? Je fis comme lui et j'attachai les deux Luxi à une branche élevée d'un autre arbre. J'obtins aussi ma liberté. « Maître Du, vous en avez dans le crâne, vous ! » dis-je.

Il s'accroupit sur la pente douce de la digue et dit froidement :

« J'en ai peut-être dans le crâne, mais pas autant que toi, mon vieux !

– Maître, je n'ai que quatorze ans, vous ne pouvez pas m'appeler mon vieux ! dis-je.

– Si c'est pas toi le vieux, c'est qui ? C'est moi ? J'ai même pas réussi à bouffer un dé de testicules sautés, alors que tu t'en es enfilé un bol. Dans quel monde vivons-nous ? C'est pas juste ! »

J'essayai de le calmer :

« Maître Du, vous croyez vraiment que j'en ai mangé un bol entier ? C'était pour vous faire marcher !

– Tu n'en as pas mangé ? demanda-t-il, surpris.

– Réfléchissez un peu. L'oncle grêlé a un appétit de loup, le camarade Dong ressemble à un tigre affamé, ne parlons pas de six testicules. S'il y en avait eu soixante, ç'aurait pas été assez pour eux !

– Mais dans le plat il en restait encore la moitié !

– Vous n'avez pas compris que c'était pour ma tante ?

– Toi, tes histoires de garnement, je n'y crois jamais qu'à moitié. »

Je savais qu'il croyait maintenant que je n'avais pas mangé de testicules sautés. J'entendais à sa respiration qu'il était calmé. Il sortit une pipe de sa poche, la bourra et l'alluma avec son briquet qui sentait fortement l'essence. L'odeur âcre du tabac fendit le parfum des fleurs de sophora comme une lame. La nuit était déjà avancée, les lumières du village étaient éteintes. Il n'y avait pas de lune, mais le ciel était rempli d'étoiles. La Voie lactée luisait faiblement, une étoile filante la traversa. Le bruit de la rivière arrivait à nos oreilles par-dessus la digue, clair comme du cristal. Les sophoras semblaient se serrer les uns contre les autres. La brise du sud me caressait le visage. Cette nuit d'avril était très agréable, mais en pensant à la plantureuse Du Wuhua je la trouvai triste. La respiration des deux Luxi était régulière, celle de Double Échine haletante. Leurs panses gargouillaient. La mienne aussi. Cela faisait trop longtemps que je m'occupais des vaches, j'avais appris à ruminer. Les dés de testicules sautés que j'avais avalés tantôt remontaient, j'aurais dû les mâcher lentement, prendre le temps de les goûter, mais j'avais peur que maître Du, plus malin qu'un singe, ne les sente et je les refoulais dans ma panse. J'étais content de moi, comme quelqu'un qui a mangé de la viande alors que tout le monde fait disette. À présent je ne pouvais pas ruminer. Je m'approchai de lui et demandai :

« Maître, vous pouvez me donner un paquet de tabac ?

– Un gosse comme toi, tu veux fumer ?

– Vous m'avez appelé "mon vieux", tout à l'heure. Vous ne pouvez pas d'un coup dire que je suis un gosse...

– Tout à l'heure, c'est tout à l'heure. Maintenant, c'est maintenant. Il faut que les paroles collent au moment où on les dit. »

Il frappa sa pipe contre sa semelle et dit rageusement :

« Il y a vingt ans, même si on avait mis devant moi un plat de viande de porc, sans parler de ces putains de testicules sautés, j'en aurais pas voulu !

– Maître, vous exagérez !

– Pourquoi j'irais me vanter devant un garnement comme toi ? Écoute, à cette époque, à chaque marché à Masang, mon père prenait cinq livres de viande, et cinq livres d'alors, c'est au moins sept livres d'aujourd'hui. Et s'il n'achetait pas de viande, il achetait du poisson : de la carpe noire, du maquereau, de la sciène, du requin pèlerin, de la seiche... À cette époque, le marché aux poissons de Masang se tenait sur trois lis[1] et, quand les sophoras fleurissaient, c'était la saison où l'on trouvait des sabres au marché. Il y en avait des deux côtés de la rue. C'était éblouissant au point qu'on n'osait pas ouvrir les yeux. Il y avait des grosses crevettes piquées sur des cure-dents, une demi-livre la

1. Un li égale environ cinq cents mètres.

paire, une livre les deux paires, une paire ne coûtait que deux pièces de cuivre. On pouvait alors manger ce qu'on voulait, il suffisait d'avoir de l'argent. Maintenant, même si on a de l'argent, on ne trouve plus d'aussi grosses crevettes, d'aussi beaux sabres, hein, où partent les bonnes choses ? Qui les mange ? Mon gendre dit que les bonnes choses sont exportées, les Chinois sont aussi crétins que ça ? Ils ne gardent pas les bonnes choses pour eux et les exportent ? L'exportation rapporte de l'argent, mais où passe-t-il ? En fait on mène le peuple en bateau. Mais c'est pas si facile de le mener en bateau. Personne ne dit rien, mais personne n'est dupe. Aujourd'hui, une commune populaire aussi grande que la nôtre, avec plus de quarante brigades, des centaines d'équipes de production, une population de soixante-dix à quatre-vingt mille, on ne tue qu'un cochon par marché, ça suffit même pas à nourrir les cadres de la commune. Alors qu'avant, à notre marché de viande à Masang, il y avait au moins trente étals où on tuait le cochon, et il y en avait aussi où on tuait des bœufs, des ânes, des chiens, t'avais qu'à dire ce que tu voulais. Les bœufs à cette époque étaient gros, on les nourrissait de patates douces et de galettes de haricots, leur cuir luisait, leur démarche était majestueuse, des montagnes de viande, avec un bœuf on avait mille livres de viande. La couche de graisse faisait trois doigts d'épaisseur, la viande découpée en carrés ressemblait à du tofu, et quand on la faisait cuire, elle était immédiatement tendre, avec cinquante sapèques on avait une livre de bœuf, deux onces d'eau-de-vie de Kaoliang, on s'asseyait à table on faisait bombance, il y avait de la musique, des choses à voir, ah, le parfum de cette époque... »

Je déglutis et dis :

« Maître, vous me faites marcher, n'est-ce pas ? C'était vraiment aussi bien que ça, dans l'ancienne société ?

– Espèce de garnement, qui dit que l'ancienne société était bien ? Je dis seulement que le goût du bœuf gras et de l'eau-de-vie, c'est bon.

– Mais c'est bien dans l'ancienne société que vous mangiez du bœuf gras et buviez de l'eau-de-vie ?

– Euh... on dirait bien que oui...

– Alors c'est comme si vous disiez que l'ancienne société était bien !

– Bougre de sauvageon, tu essaies de me tendre un piège ?

– Je n'essaie pas de vous tendre un piège. C'est votre position de classe qui n'est pas correcte ! »

Prudent comme un Sioux, il demanda :

« Jeune homme, aie la bonté de m'expliquer ce qu'est une position de classe ?

– Vous ne savez même pas ça ?

– Non, même pas ça.

– La position de classe, c'est... Enfin quoi, c'est que dans l'ancienne société il n'y avait rien de bon, dans la nouvelle tout est bon : il n'y a rien de mauvais chez les paysans moyen-pauvres, et chez ceux qui ne sont pas paysans moyen-pauvres il n'y a rien de bon. C'est clair ?

– C'est clair, j'ai compris, mais... il n'y a pas à dire, à l'époque il y avait plus à manger qu'aujourd'hui...

– Y en avait plus qu'aujourd'hui, mais pas pour les paysans moyen-pauvres. Tout était bouffé par les propriétaires fonciers.

– Jeune homme, tu dis des sottises. Il y avait aussi des propriétaires fonciers et des paysans riches qui lésinaient sur la nourriture et des paysans pauvres qui au contraire ne se privaient pas. Par exemple, chez les Fang, sa femme et ses gosses n'avaient rien à se mettre sur le dos, mais ils étaient gourmands. Lorsqu'ils avaient moissonné, ils vendaient le grain et avec l'argent s'achetaient du poisson, de la viande. Et quand ils avaient épuisé la récolte, ils allaient mendier en ville.

– Maître, vous racontez des histoires, vous calomniez les paysans moyen-pauvres !

– C'est ça, je raconte des histoires, je raconte des histoires. »

Nous restâmes un moment assis côte à côte, sans parler. La nuit était épaisse, il y avait de la brume. De la rivière nous parvenait le cri des crapauds.

Il se mit à parler tout seul :

« Les crapauds coassent, dans un mois on aura le blé nouveau… Ah ! La farine de blé nouveau, c'est si bon pour faire des ravioles, des nouilles, des crêpes et des tourtes, des petits pains à l'oignon… Ces petits pains tout blancs, tout gonflés, qui sentent si bon quand on les ouvre, ça vous enivre…

– Maître, s'il vous plaît, arrêtez de parler de manger ! Ça me donne faim !

– Bon, bon, j'arrête. »

Il alluma une pipe et fuma en silence, la lueur éclairant par intermittence son visage lorsqu'il aspirait une bouffée.

Je bâillai longuement.

Il bâilla aussi longuement.

« Luo Han, dit-il, ne soyons pas idiots. En fait il suffit que ces veaux ne se couchent pas, vrai ?

– Vrai !

– Alors qu'est-ce qui nous empêche de dormir à tour de rôle ?

– Et si par hasard ils se couchaient ? » dis-je, inquiet.

Il se leva et vérifia les attaches des veaux.

« Ça ne risque rien, je suis prêt à le garantir, ça ne risque rien. Tant que leur corde ne se casse pas, ils ne peuvent pas se coucher.

– Bon alors je vais d'abord rentrer me coucher.

– Tu es un gamin qui n'a conscience de rien, j'ai soixante-huit ans, un de plus que ton grand-père, et tu as le front de vouloir rentrer le premier ?

– Vous êtes un vieux crabe qui n'a conscience de rien, vous avez soixante-huit ans, qu'avez-vous besoin de dormir !

– Bon alors je vais te poser une devinette. Si tu trouves, tu rentres. Sinon c'est moi. »

Sans attendre mon accord, il dit : « Il y a de nombreux pins sur la colline du sud-est ; en tout, trente-six mille. Dans chaque arbre il y a neuf branches. Sur chaque branche il y a neuf nids. Dans chaque nid neuf œufs. Dans chaque œuf neuf moineaux. En tout combien y a-t-il de moineaux ? »

En classe, dès que j'entendais le mot « calcul », j'avais mal à la tête. Au-dessous de dix j'arrivais à compter sur mes doigts, au-delà je m'emmêlais les pinceaux. Dès le début de sa devinette on était au-dessus de dix mille. Comment pouvais-je faire ce calcul ? Et puis, si j'avais été capable de faire un tel calcul, je n'aurais pas été là à garder des veaux en pleine nuit.

« Maître Du, dis-je, pas la peine de me faire ce coup-là, je saurai pas compter ces moineaux. Et même si je savais, je le ferais pas. Pourquoi irais-je me casser la tête ? »

Il poussa un soupir.

« Ah, les gosses d'aujourd'hui, pas moyen de les avoir !

– Les vieux non plus !

– Avec un petit bâtard comme toi, je suis tombé sur un vrai adversaire. Bon, aucun de nous n'ira dormir, restons ici à veiller. »

Il s'assit par terre et fuma, la pipe crépitant.

Je m'adossai contre un arbre, levai les yeux et comptai les étoiles dans le ciel.

6

Dans l'obscurité, j'entendais les trois veaux qui ne cessaient de rouspéter. Ils ouvraient et fermaient leurs gueules, postillonnant sur mon visage. Les deux Luxi me lancèrent quelques injures puis cessèrent, mais Double Échine, toujours rancunier, fulminait. Il disait : « Espèce de bâtard, je ne t'avais rien fait. Pourquoi es-tu allé raconter que j'avais grimpé les treize vaches ? C'est à cause de toi que le camarade Dong m'a coupé les roustons aussi violemment. Et c'est pas tout : tu les as bouffés, mes roustons. » Les deux Luxi renchérirent : « Il a aussi bouffé les nôtres. » Double Échine ajouta : « J'aurais jamais jamais, jamais cru qu'un petit bâtard comme toi puisse être aussi cruel. » Je voulais crier à l'injustice, mais j'avais la gorge bouchée par une touffe de poils, aucun son n'en sortit. Double Échine dit aux deux autres : « Les gars, c'est notre destin, on vivra. Mais sans testicules, c'est presque comme si on était morts. Avant nous avions peur de ce petit bâtard, mais maintenant pourquoi aurions-nous peur de lui ? » Les deux Luxi répondirent : « Sûr qu'on n'a rien à craindre de lui. » Double Échine proposa : « Si on n'a rien à craindre, alors tuons-le. On peut pas le laisser impunément avoir bouffé nos testicules. » Le grand Luxi demanda : « Frères, est-ce que vous avez ressenti quelque chose ? Pendant qu'il mangeait mes roustons, j'avais aussi mal que si on me les avait coupés au couteau. C'était à n'y rien comprendre, ils m'avaient enlevé mes roustons et j'y avais mal. » Double Échine et le petit Luxi opinèrent : « Nous aussi on a eu mal. » Double Échine ajouta : « Ils sont cruels, pas la peine d'être indulgent avec eux. On devrait commencer par étriper ce petit bâtard, puis on ira régler leur compte au grêlé et aux autres. » Je me blottis contre le tronc de l'arbre, les yeux remplis de larmes. Je hurlai, mais de ma bouche ne sortit qu'un bourdonnement de moustique. Je plaidai : « Amis, ne m'en veuillez pas, je n'y suis pour rien, je ne pouvais rien faire… Quand le chef me dit de faire quelque chose, je dois le faire… Double Échine, Double Échine, tu as oublié ? L'hiver dernier je t'ai brossé avec le vieux peigne de ma grand-mère. Il y avait au moins une demi-livre, sinon une livre de poux. Grand Luxi, petit Luxi, vous aussi je vous ai peignés et épouillés. Sans moi vous auriez été bouffés par les poux… Vous m'étiez reconnaissants, alors. Double

Échine, tu m'avais même léché la main... Ne soyez pas ingrats... » Bien que ma voix fût faible, ils m'entendaient. Je perçus dans leurs yeux rouges une lueur de tendresse. Je sautai sur l'occasion, fis appel à toute mon éloquence et leur parlai de nos meilleurs souvenirs. Je les vis s'échanger des regards, j'eus l'impression qu'ils allaient me tenir quitte. Je leur dis : « Frères veaux, si vous êtes indulgents avec moi, je ne l'oublierai jamais, et quand j'en aurai le pouvoir, je vous donnerai toujours le meilleur foin à manger. Et je garantis que je vous exempterai des travaux des champs, l'été je vous rafraîchirai avec un éventail, pour l'hiver je vous coudrai une veste ouatinée. Je ferai de vous les veaux les plus heureux du monde, les plus heureux... » Je vis les deux Luxi pleurer d'émotion à ces douces paroles. Double Échine dit :

« On n'a pas besoin que tu nous éventes, et d'ailleurs tu ne nous éventeras pas ; on n'a pas besoin que tu nous couses une veste, et d'ailleurs tu ne le feras pas. Tu n'as même pas trouvé quelqu'un pour t'en faire une pour toi. Tu vas trop loin dans tes promesses, ce qui trahit ton hypocrisie. Ton but est de passer ce mauvais quart d'heure grâce à de belles paroles, puis tu détaleras sur tes pattes de lapin, on ne te verra plus.

– Frères veaux, dis-je, nous les villageois nous tenons parole. Lorsque nous parlons, nous sommes sincères[1]. »

Double Échine railla : « Pas la peine de chanter, on entend ce refrain depuis qu'on est petits. La suite c'est : "On ira avec toi au fond des océans attraper le dragon, on ira avec toi au sommet des montagnes attraper le tigre", n'est-ce pas ? Je le connais par cœur. » Double Échine dit aux deux Luxi : « Les gars, profitons que le jour ne s'est pas encore levé et réglons son compte à ce petit bâtard ! » Ils dressèrent leurs cornes et me les plantèrent dans le ventre. Je poussai un cri bizarre, j'ouvris les yeux et je vis le rond rouge du soleil qui se levait au-dessus de la rivière.

Ce soleil levant m'éblouit de mille feux. Je me frottai les yeux, regardai la scène devant moi et ne pus retenir un juron. Bon Dieu, les trois veaux étaient couchés ! Leurs cordes n'étaient pas cassées, mais ils avaient étiré leur cou jusqu'à la hauteur du tronc et, la gueule ouverte, les yeux révulsés, ils avaient l'air de pendus. Je regardai de plus près. Ils étaient bel et bien couchés. Sans faire attention à mon corps ankylosé par la rosée de la nuit, je bondis vers eux et tirai

1. Paraphrase d'un vers connu de l'opéra modèle *La Prise du mont Tigre par la stratégie* auquel le veau fait écho tout de suite après.

sur leurs cordes. Elles étaient si tendues que je n'y arrivai pas. Alors je leur donnai des coups de pied au cul, mais ils ne réagirent pas. Le cœur serré, je me dis qu'un malheur était arrivé, ils étaient tous les trois morts. Ils avaient sûrement discuté pendant mon sommeil et décidé de se suicider ensemble. Ils ne pouvaient plus se marier et prendre femme de leur vie, et ils s'étaient pendus. C'est alors que je pensai à maître Du. Le vieux avait profité de mon sommeil pour filer en douce. Il voulait de la sorte me faire porter seul la responsabilité de leur mort. Mon cœur se remplit immédiatement de haine pour lui, j'en oubliai mon amour pour Du Wuhua. « Truman ! Truman ! » Je savais pertinemment qu'il ne m'entendait pas, mais il fallait quand même que je l'appelle. « Truman, tu t'en tireras pas comme ça ! » S'il avait été à ce moment-là devant moi, je lui aurais bondi dessus et l'aurais mordu comme un loup. En fait les trois veaux avaient crevé à cause de lui. Si je faisais ça, c'était pour les venger. Je fonçai vers sa maison.

Lorsque j'arrivai à son jardin, je le vis accroupi comme un singe en train de couper de la ciboulette. La plate-bande qu'il venait de tondre était pimpante comme si elle sortait de chez le coiffeur. Sa fille Du Wuhua était avec lui. Truman liait soigneusement les bottes de ciboulette et Du Wuhua les plongeait dans un seau d'eau. Les bottes de ciboulette qui avaient trempé dans l'eau étaient plus belles et surtout plus lourdes, c'était une famille de malins. Lorsque Du Wuhua la sortait de l'eau, la ciboulette était vraiment belle. Les gouttes d'eau qui, telles des perles, coulaient le long des tiges faisaient en retombant dans le seau un bruit de pipi. Du Wuhua était belle aussi et, même si j'avais souffert de sa cruauté, je ne pouvais pas encore ne pas reconnaître qu'elle était jolie. Selon mon expérience, dès qu'une femme approche de l'eau elle devient jolie. Les jolies femmes en s'approchant de l'eau deviennent encore plus jolies, celles qui ne le sont pas le deviennent. C'est le cas par exemple d'une femme qui se baigne dans la rivière, ou qui se lave les cheveux à un puits, ou encore qui trempe de la ciboulette dans un seau d'eau. Le soleil levant éclairait son visage dodu, encadré par deux couettes semblables à deux queues de cheval. Si elle n'avait pas été là, j'aurais crié : « Truman, salopard, les veaux ont crevé ! » Mais comme elle était là, je ne pus que dire : « Maître Du, un malheur est arrivé ! »

Il leva la tête.

« Luo Han, qu'est-ce que tu viens faire ici, au lieu de garder les veaux ?

– Venez vite voir, maître, ils sont morts… »

Il bondit comme une panthère.

« Que dis-tu ?

– Les veaux sont morts, nos veaux sont morts, nos trois veaux sont morts…

– Qu'est-ce que tu racontes ? »

Il courut vers moi sans cesser de parler :

« Qu'est-ce que tu racontes ! Quand je suis parti, ils étaient vifs et en pleine forme, et ils seraient morts dès que j'ai eu le dos tourné ?

– Je ne sais pas pourquoi ils sont morts, mais ça ressemble à un suicide.

– Là tu débloques. À soixante-huit ans, je n'ai encore jamais entendu parler de bœuf qui se suicide… »

Il courut vers l'endroit où nous avions attaché les veaux.

Du Wuhua me demanda :

« Luo Han, qu'est-ce que tu as encore fabriqué ?

– J'ai rien fabriqué. Ton père m'a laissé m'occuper des veaux pour venir faire le capitaliste ici, et les trois veaux se sont pendus !

– C'est vrai ? »

Du Wuhua laissa sa ciboulette et courut vers la digue en me tenant par la main. Elle avait une poigne de fer, une telle force dans les bras que j'avais de la peine à la suivre. Elle me demanda tout en courant : « Qu'est-ce que tu as fait ? Mon père n'était plus là, mais tu y étais, toi… »

Haletant, j'expliquai :

« Je me suis endormi...

– On te confie la garde des veaux et tu dors !

– Si je m'étais pas endormi, ton père n'aurait pas pu revenir couper la ciboulette ! »

J'avais bien envie de lui dire encore quelques méchancetés, histoire de lui faire peur, mais nous arrivions à l'arbre.

Maître Du essayait de tirer sur leurs cordes pour que les veaux se relèvent, en vain. Je pensai : Les veaux sont morts, vous ne risquez pas de les relever. Il tira leur queue vers le haut, sans plus de résultat. Je songeai : Comment voulez-vous qu'un veau mort se relève ? Mais, bien qu'il n'eût pas réussi à remettre les bêtes debout, je vis soudain la queue de Double Échine bouger. Seigneur, il est encore en vie ! Et si même lui était en vie, les deux Luxi devaient l'être aussi. Et en effet je vis le grand Luxi remuer les oreilles, le petit Luxi tirer la langue et se lécher les naseaux. Je fus très content de voir que les trois veaux n'étaient pas morts, mais je fus en même temps fort mécontent. J'étais alors au début de l'adolescence et j'aimais l'action, l'aventure, l'animation, au point que même les chiens du village me détestaient. J'espérais que chaque jour on projetterait un film, mais ce n'était pas possible. J'espérais que chaque jour il y aurait une bagarre, mais ce n'était pas possible. J'espérais que chaque jour on pourrait voir des gardes rouges soumettre de mauvais éléments à la lutte des classes, mais ce n'était pas possible. Et sans ce type d'événements, il aurait fallu que les vaches de la brigade vêlent tous les jours, ou que la chienne des Zhang fricote avec le chien des Liu chaque jour, mais ce n'était guère plus possible. Pouvait-on avoir chaque jour des événements comme le camarade Dong venant châtrer des veaux ? Bien sûr que ce n'était pas possible. Alors je pensais que si ces trois veaux s'étaient pendus tout le village aurait été ébranlé, et cela aurait eu un rapport avec moi. Vous imaginez bien à quel point cela aurait enrichi mon ordinaire, à quel point je serais devenu le centre d'intérêt du village. Les gens m'auraient sûrement regardé les yeux écarquillés, suspendus à mes lèvres pour que je leur conte par le menu les tenants et les aboutissants de l'affaire, il n'y en aurait eu que pour moi. Malheureusement, ces trois veaux n'étaient pas morts. Maître Du me fixa des yeux, le grand et le petit, et grogna en s'adressant à sa fille et à moi : « Vous êtes morts, vous deux ? »

Qu'avait voulu dire le vieux crabe ? Que je meure avec sa fille ? Bien que ces mots ne laissent augurer rien de bon, j'eus le sentiment qu'ils me rapprochaient de Du Wuhua, comme si j'avais une relation particulière avec elle. Et je pensais d'ailleurs qu'en fait ma relation avec elle n'était pas ordinaire, j'avais déjà…

« Ne restez pas là plantés comme des idiots, aidez-moi à relever ces veaux ! » dit maître Du.

Je m'avançai et j'attrapai la queue de Double Échine.

Du Wuhua m'écarta sans un mot, se baissa et attrapa elle-même la queue du veau.

Je passai de l'autre côté et pris le veau par le cou.

Maître Du me poussa et lui prit lui-même le cou.

Finalement, je me remis du côté de Du Wuhua et lui pris les poignets.

Sous notre effort conjoint, Double Échine se leva.

J'avais très peur d'arracher la queue du cul du veau. En fait, je l'espérais un peu. Si c'était arrivé, ç'aurait été aussi quelque chose de remarquable, peut-être plus que la mort des veaux. Mais, lorsque nous l'eûmes relevé, il avait encore sa queue au cul.

Double Échine une fois debout, c'était au tour du grand Luxi.

Puis celui du petit Luxi.

Lorsqu'ils furent tous les trois sur pied, maître Du passa derrière eux, se baissa et inspecta soigneusement leurs plaies.

Du Wuhua et moi fîmes de même.

La peau des bourses des deux Luxi était un peu enflée.

Celle de Double Échine était très enflée. Elle était devenue une poche pleine de sang, plus gonflée qu'avant la castration. Elle était rouge, pas belle à voir. Et l'animal avait une forte fièvre. Debout près de lui, je sentais que son corps chauffait comme un four.

Maître Du les détacha de l'arbre. Il me donna les cordes des deux Luxi et prit lui-même celle de Double Échine. Il dit à Du Wuhua : « Rentre à la maison, dis à ta mère de préparer des nouilles, j'arrive tout à l'heure avec Luo Han. »

Du Wuhua me regarda sans avoir l'air de me reconnaître, et je regardai son père comme si je ne le connaissais pas. Je pensai : C'est le monde à l'envers. Je regardai à nouveau maître Du, et je vis sur son visage une extrême gentillesse. À quatorze ans, je n'avais jamais vu encore quelqu'un d'aussi gentil que maître Du.

Nous menâmes les veaux dans la ruelle, doucement. « Jeune homme, dit-il, en fait tu es le gamin le plus doué du village. Ils te méprisent tous, mais je te le dis aujourd'hui : dans vingt ans on vérifiera, un jour tu seras un grand homme ! »

Cette phrase me combla d'aise.

« Nous deux, nous n'avons pas fermé l'œil de la nuit, et les bourses de Double Échine sont quand même enflées comme ça. On voit qu'on ne pouvait pas châtrer ce veau. Le camarade Dong l'avait bien dit. Comme il s'était déjà accouplé, on ne pouvait plus le châtrer. Mais ton oncle grêlé y tenait absolument. Alors s'il lui arrive quelque chose, la responsabilité ne peut pas nous retomber dessus. Qu'est-ce que tu en dis ?

– C'est parfaitement vrai. »

7

Ce matin-là, maître Du ne revint pas sur sa promesse et m'invita réellement à prendre chez lui un bol de nouilles. Sa femme, la mère de Du Wuhua, m'accueillit avec chaleur, elle ne cessait de rajouter du bouillon dans mon bol, comme si elle avait peur que je ne m'étrangle. Du Wuhua lui dit assez brutalement : « Tu n'as pas fini de lui verser du bouillon ? » Celle-ci expliqua : « Il faut en boire beaucoup quand on mange, c'est mieux que n'importe quelle ordonnance. » Du Wuhua ignora sa mère, prit un jaune d'œuf de cane salé et le mit entier dans mon bol. Sa mère fronça les sourcils et lui fit les gros yeux. Du Wuhua feignit de ne pas le voir et, du coup, pas la peine que moi, j'en tienne compte. Sans m'embarrasser de manières, j'avalai ce jaune d'œuf tout rond, pour éviter qu'à tout hasard Mme Du ne me le reprenne. Je n'eus même pas le temps d'en apprécier le goût, ce qui était un peu dommage, mais finalement pas tant que ça parce que, pendant que je l'avalais, elle tendait déjà la main. Elle s'exclama : « Toi alors, qu'est-ce que tu es mal élevé ! On mange par petites bouchées en appréciant le goût, toi tu avales tout rond comme un goinfre ! » Du Wuhua vint à mon secours :

« C'est juste un jaune d'œuf, pas besoin de rouspéter ! Tu ne vas pas le regretter, quand même !

– Je ne le regrette pas, j'ai peur qu'il ne s'étrangle », répondit la mère.

J'intervins : « Ne vous inquiétez pas, madame, j'ai parié avec Fang Xiaobao que même après avoir bu une livre de sauce soja d'un trait j'aurais la gorge claire comme un clairon. » La mère Du s'essuya la bouche, se retourna et partit. Du Wuhua me fit un clin d'œil et un sourire malicieux. Ce sourire me donna le sentiment que nos cœurs étaient unis, et il m'émut pendant de nombreuses années.

Ce jour-là, maître Du et moi avons fait marcher les veaux toute la journée dans le village, lui devant avec Double Échine et moi derrière, ou le contraire. Lorsque j'étais devant je me sentais mieux, parce que je ne voyais pas les bourses de Double Échine. Quand j'étais derrière ça n'allait pas, parce que je ne pouvais pas ne pas voir ces bourses de plus en plus enflées. Pendant un moment nous fûmes suivis dans les rues et venelles par quelques morveux, mais ils cessèrent vite de s'intéresser à nous. Lorsque les petits furent partis vinrent les mouches. Au début il n'y en avait que quelques-unes, mais très vite il y en eut des centaines. Leur intérêt se concentrait sur les bourses de Double Échine. Elles ne cessaient de le piquer, au point de changer la couleur de sa peau à cet endroit. Elles augmentaient sa souffrance, et je pouvais voir dans son regard qu'il aurait voulu mourir. Je coupai une branche de saule pour chasser les mouches, mais l'endroit était trop étroit, avec beaucoup d'angles morts, et d'ailleurs il aurait fallu chasser les mouches sans toucher à ses bourses, alors j'abandonnai.

Maître Du me confia Double Échine et alla rendre compte à l'oncle grêlé de son état de santé.

Il revint en fulminant : « Le grêlé s'en fout. Ce n'est rien, ce n'est rien, qu'il dit. Bordel de merde, comment il le sait puisqu'il n'a même pas regardé ? »

Cette nuit-là, les deux Luxi se remirent à manger, mais le mal de Double Échine empira.

Le troisième jour, nous ne nous occupâmes plus des deux Luxi, qui rejoignirent l'étable de la brigade de production. Nous consacrâmes toute notre attention à Double Échine.

L'un devant, l'autre derrière, nous le promenions dans les rues du village. Nous devions faire très attention pour éviter qu'il ne s'écroule par terre comme un mur en ruine.

Nous le conduisîmes à la porte de l'étable. Maître Du alla chercher un seau d'eau pour lui donner à boire. Mais il n'y trempa que le bout du museau et releva la tête. Des gouttes perlaient sur les poils de sa moustache, telles des larmes. En fait il ne cessait de pleurer. Ses larmes mouillaient ses joues, laissant des traces visibles. Maître Du rentra dans l'étable chercher une louche cassée en métal et la remplit à moitié de la pâtée de graines de coton dont on se servait pour nourrir le bétail ; même si les bœufs qui en mangeaient avaient du sang dans les selles, c'était ce qu'il y avait de mieux. Cette nourriture était réservée aux animaux qui travaillaient dans les champs. Maître Du en mit dans le seau d'eau et touilla avec la louche. Il dit avec chaleur à Double Échine : « Petit, bois-en un peu. Sens-moi ça si c'est pas bon ? » Double Échine mit le museau dans le seau, trempa les lèvres dans le mélange et releva la tête. Maître Du s'étonna : « Quoi ? Tu n'as même pas envie de boire quelque chose d'aussi bon ? » Les bœufs attachés dans l'étable, y compris les deux Luxi, sentant l'odeur des graines de coton, regardèrent dans leur direction. Maître Du se tourna vers moi. « Luo Han, va parler à ton oncle grêlé. Tu es son neveu, peut-être qu'il t'écoutera plus que moi. Vas-y, dis-lui qu'il y a un risque que Double Échine meure. Dis-lui que s'il ne vient pas, il sera responsable de sa mort. Allez, fonce. »

Je courus dans plusieurs endroits et finis par trouver mon oncle grêlé dans le bureau administratif de la brigade de production.

« Double Échine va mourir, peut-être tout de suite... », dis-je.

L'oncle grêlé était en réunion avec le gardien, M. Wang, et le comptable, M. Xu. Ils sursautèrent tous les trois.

L'oncle grêlé, un demi-sourire accroché à la commissure des lèvres, me demanda :

« Double Échine va mourir, dis-tu ?

– Il refuse même de manger des graines de coton qui sentent si bon. Il a les bourses enflées comme une carafe.

– Il faut que j'aille à une réunion à la commune populaire. Wang, vas-y voir », dit le grêlé.

Ce Wang était justement le bonhomme qui avait été envoyé en rééducation pour avoir maltraité le bétail. Il s'empourpra, fit un geste de refus de la main et dit au grêlé : « Ne me demandez pas de m'occuper de ça, ni de quoi que ce soit qui touche aux bœufs ! »

Ironique, le grêlé demanda :

« Et quand on mangera de la viande de bœuf, faudra pas venir te chercher ?

– Manger du bœuf ? Où y a-t-il de la viande ?

– Tu vois, dès qu'on parle de viande de bœuf, tu es tout excité !

– Naturellement faudra m'appeler. Sinon j'aurai perdu l'usage de ma jambe pour rien.

– Xu, allez-y voir alors.

– On ferait pas mieux de téléphoner au vétérinaire de la commune populaire, le camarade Dong ? demanda Xu.

– Vaut mieux éviter de l'alerter. S'il vient, il fera sûrement une nouvelle piqûre, après quoi il faudra lui donner des médicaments. Après quoi il faudra l'inviter à un gueuleton, et vous savez parfaitement ce qui reste comme argent à la brigade de production.

– Alors qu'est-ce qu'on fait ? demanda le comptable.

– Un animal n'est pas si fragile que ça. Si vraiment ça ne va pas, on lui fera un traitement traditionnel, c'est tout. »

Sur les ordres du comptable, nous versâmes une bouteille de vinaigre dans la gorge de Double Échine car, selon le docteur aux pieds nus du village, le vinaigre avait des vertus anti-inflammatoires et antidouleur. Nous trouvâmes aussi un nid de frelons grand comme un chapeau, le brisâmes et forçâmes Double Échine à l'ingérer car, selon le père du comptable, le nid de frelons avait la vertu de combattre le poison par le poison. Nous fîmes venir aussi de la pommade à base de chaux vive que nous passâmes sur la peau de ses bourses, car la chaux vive était réputée désinfecter et anéantir les virus.

J'espérais de tout mon cœur que Double Échine se rétablirait, sinon on ne nous laisserait pas tranquilles, moi et maître Du. Mais, au lieu de s'améliorer, son état s'aggravait. De ses bourses suintait maintenant un liquide jaunâtre et se dégageait une odeur pestilentielle, qui attirait toutes les mouches du village. Où que nous l'emmenions, les mouches suivaient. Son dos était de plus en plus courbé, ce qui raccourcissait son corps. Son poil se hérissait, ce qui faisait ressortir ses os aux articulations. Il pleurait de plus en plus et de la chassie s'accumulait autour de ses yeux. Les mouches qui s'en repaissaient y avaient déposé quantité de larves. Il en avait aussi sur la peau des bourses.

Au matin du quatrième jour, nous le conduisîmes à la porte de l'oncle grêlé. Comme elle n'était pas encore ouverte, je ramassai un morceau de brique et frappai le battant avec force. L'oncle grêlé sortit, une veste jetée sur le dos, et m'insulta :

« Canaille de Luo Han, tu veux crever ?

– Non, mais Double Échine va crever, lui. »

Maître Du s'accroupit au pied du mur et dit : « Grêlé, avez-vous encore un peu de cœur ? »

L'oncle grêlé s'emporta :

« Père Du, à ton âge, comment peux-tu dire des choses pareilles ?

– C'est vous qui m'y forcez. Regardez, c'est bien une vie qui est en jeu. Vous lui avez arraché les testicules et les avez mangés. Ça vous a fait du bien, mais lui ? »

Le grêlé passa derrière le veau et se pencha pour l'inspecter.

« Qu'est-ce qu'il faut faire, à ton avis ?

– Il faut revenir à l'origine du problème, il faut aller chercher le camarade Dong.

Ne va pas croire que je m'en fous ! Les bœufs sont des moyens de production, ils sont vitaux pour la commune populaire. La mort de quelqu'un, elle s'en moque, alors que la mort d'une bête, ça remonte jusqu'au secrétaire du Parti.

– Alors pourquoi n'allez-vous pas chercher le camarade Dong ?

– Tu crois que je n'y suis pas allé ? dit l'oncle grêlé. Hier je suis allé au poste vétérinaire, mais le camarade Dong est occupé ! Combien y a-t-il de brigades de production dans la commune ? Combien de têtes de bovins ? Et il y a les chevaux, les ânes, les mules. Tout ça, c'est lui qui s'en occupe.

– Alors on le laisse crever ? » demanda maître Du.

L'oncle grêlé secoua la tête.

« Père Du, je n'aurais pas cru qu'un vieux paysan moyen-pauvre comme toi attacherait autant de prix à la communauté qu'à son foyer.

– J'ai quatre gendres, trois sont dans le service public !

– Bon, tu vas emmener Double Échine au poste vétérinaire de la commune populaire avec Luo Han et demander au camarade Dong de le soigner, dit l'oncle grêlé.

– Vous rêvez tout éveillé, la commune populaire est à une vingtaine de lis. Il nous faudra combien de jours ?

– Le nombre de jours qu'il faudra.

– Mais il risque de crever à mi-chemin !

– S'il doit vraiment crever, nous n'y pouvons rien. Même le secrétaire du Parti du district doit mourir un jour, alors un veau…

– Si j'y vais, qui s'occupera des autres vaches ? demanda maître Du.

– Camarade, faut pas croire que si tu t'en vas la terre s'arrêtera de tourner. Si je te dis d'y aller, tu y vas, et ne t'occupe pas du reste !

– Bon, bon, bon, j'y vais, mais je vous préviens : s'il meurt en chemin, faudra pas venir me le reprocher.

– Le petit Luo Han sera témoin, de toute façon », conclut l'oncle grêlé.

8

Nous prîmes la route de la commune populaire, tirant Double Échine.

Je portais un balluchon dans lequel j'avais mis une galette de farine de maïs, un poireau, un morceau de pâté de haricots noirs. C'était la prime qu'on m'avait donnée pour partir en mission. Normalement, mon régime était constitué de patates douces séchées moisies. Maître Du portait au dos un cartable de toile jaune, brodé de caractères rouges, un truc à l'air occidental comme seuls les jeunes éduqués pouvaient en porter. J'en avais rêvé, mais je n'avais pas pu m'en procurer un. Arborant fièrement ce cartable réservé aux jeunes éduqués, il marchait devant en tirant le veau par ses rênes, plein d'entrain. Je fermais la marche avec mon vieux balluchon à l'épaule, un vieil éventail à la main avec lequel je chassais les mouches des bourses de Double Échine. Un coup d'éventail et les mouches s'envolaient dans un bourdonnement. Je voyais alors les pauvres bourses de Double Échine qui pendouillaient comme des nouilles plates et avaient la même couleur[1]. Dès que je cessais d'éventer, les mouches revenaient, et je ne voyais plus qu'elles. Nous sortîmes du village, passâmes le pont et prîmes le chemin de terre qui menait à la commune populaire. J'exagère à peine en disant que nous n'avancions pas plus vite que des larves. C'était Double Échine qui nous ralentissait : il avait du mal à se tenir debout, mais nous le faisions marcher et il marchait. Cela faisait trois jours d'affilée qu'il ne s'était pas couché. Je devinais qu'il était abruti de fatigue. Si ç'avait été un homme, il serait mort de fatigue, ou mort de sommeil. La vie de bœuf n'était fichtrement pas facile, à y songer. À sa place, j'aurais préféré me coucher et crever. Mais Double Échine n'était pas moi. Avec maître Du devant qui tirait, moi derrière qui poussais, nous le forcions à marcher, pas à pas, et il marchait, chaque pas plus dur que le précédent.

Vers midi, nous arrivâmes au puits d'eau douce. Ce puits était à six lis du village. Maître Du remarqua :

« Luo Han, on n'a pas si mal marché que ça. Si on continue à ce rythme, peut-être qu'on arrivera au poste vétérinaire à minuit.

---

1. Nouilles d'un centimètre de large servies dans une sauce brunâtre.

– Pas si mal marché ? Quand je vais à la commune voir un film, je mets vingt minutes en courant.

– On va déjà assez vite, dans les conditions où nous sommes. Faisons une pause, mangeons un peu. »

Nous attachâmes Double Échine à un saule près du puits. Je défis mon balluchon, maître Du ouvrit son cartable. Il en sortit une galette de maïs, et j'en sortis une de mon côté. Je sortis un poireau ; lui aussi. Je sortis le pâté de haricots noirs ; lui aussi. Nous avions exactement le même casse-croûte. Après avoir mangé, il tira de son cartable une bouteille de verre dont le goulot était entouré de ficelle. Il la déroula et descendit la bouteille au fond du puits, la faisant sortir et rentrer dans l'eau jusqu'à ce que les glouglous cessent. Puis il la remonta, remplie d'eau fraîche.

« Vous êtes vraiment prévoyant, maître Du, dis-je.

– Si j'étais chef de la brigade, je serais certainement bien meilleur que le grêlé.

– Ce ne serait pas à votre hauteur. Vous devriez être secrétaire du Parti de la commune ! dis-je.

– Ne dis pas de bêtises ! Les secrétaires des comités de Parti touchent les étoiles, ce ne sont pas des gens ordinaires.

– Maître, selon vous, si mon père était secrétaire du Parti, qu'est-ce que ça changerait pour moi ?

– Avec la tête que tu as, tu voudrais avoir un père secrétaire du Parti ? »

Il me tendit la bouteille et ajouta : « Ça va, jeune homme, ne rêve pas. Bois un coup d'eau fraîche, c'est bon pour la route. »

Je bus à la bouteille, mon ventre gargouillait.

Maître Du la remplit à nouveau et versa de l'eau dans la gueule du veau. Elle s'écoula par les commissures de ses lèvres.

« De toute façon il faut qu'on arrive à le faire boire, dit-il. Sinon, au lieu de crever de maladie, il crèvera de soif. »

Il remplit encore une fois la bouteille, me fit relever la tête du veau et lui ouvrir la gueule, puis il lui mit la bouteille dedans. Cette fois j'entendis l'eau couler dans sa gorge jusque dans sa panse. Tout content, maître Du dit : « Magnifique ! on a fini par le faire boire, il ne crèvera pas. »

Nous quittâmes l'ombre du saule et reprîmes le chemin. Le soleil de midi de ce printemps cognait déjà fort. Le chemin renvoyait des reflets brunâtres éblouissants. Je proposai d'attendre que le soleil baisse avant de repartir. Maître Du pensait que, si on se reposait trop, on n'aurait plus la force de reprendre la route. Il ajouta que le soleil désinfectait et tuait les virus, et puis que Double Échine crevait de froid. « Tu ne vois pas qu'il tremble de tout son corps ? » Je savais qu'il avait une expérience bien plus longue que la mienne, et je ne discutai pas. Et puis j'espérais que nous arriverions assez tôt au poste vétérinaire de la commune populaire pour soigner Double Échine. En fait j'étais un garçon au grand cœur.

Je cueillis une poignée d'herbes au bord du chemin et les tressai en une couronne que je me mis sur la tête. Voyant que le crâne chauve de maître Du était luisant de sueur, je la lui donnai. Il la mit en disant : « Toi, gamin, tu es de plus en plus prévenant. C'est comme ça que doivent se comporter les jeunes gens. » Ce compliment me réchauffa le cœur. « Maître, dis-je, vous avez l'air d'un ancien de la 8e armée de route ! » Il soupira :

« Dommage qu'on ne soit pas capable de prévoir l'avenir, sinon j'aurais sûrement rejoint la 8e armée de route.

– Pourquoi ne l'avez-vous pas fait ? demandai-je.

– Je vais dire quelque chose de désagréable, mais à l'époque personne ne voyait que cette armée irait quelque part. Les soldats étaient dépenaillés, mal nourris, mal armés. Ils avaient juste quelques foutus fusils, pour la plupart rouillés. Ils manquaient de munitions, chacun n'avait que deux balles. Ils s'appuyaient entièrement sur l'usage des grenades de confection artisanale, dont la moitié ne valait rien. Tandis que l'armée nationale[1], c'était autre chose. Un uniforme

1. C'est-à-dire l'armée du Kuomintang (KMT).

de serge vert, des fusils américains Tommy Gun, qui tiraient des balles à tête verte et à cul rouge. Ces fusils, lorsqu'on tirait à répétition, waouh, fallait entendre le bruit, croustillant, du baume aux oreilles. Les grenades avaient la forme de petits melons, avec des pétales. Quand elles explosaient, c'était formidable. Et il y avait aussi ces canons qu'on ne pouvait tirer qu'avec des camions à dix roues, qui expédiaient des boulets à cinquante lis et creusaient un cratère là où ils tombaient, au fond duquel l'eau était d'azur, on ne voyait pas le fond. Jeune homme, à l'époque ce n'était pas comme maintenant, où tout le monde fait des pieds et des mains pour devenir soldat. À l'époque personne ne voulait entrer dans l'armée. Les braves ne se font pas soldats, on ne fait pas de clous avec le bon fer, n'est-ce pas ? Et si j'avais dû être soldat, ç'aurait pas été dans la 8e armée de route, je serais entré dans l'armée nationale. Ç'avait de la gueule, on était bien nourri, bien vêtu, il y avait un avenir. La 8e armée de route, elle ne semblait pas pour de bon. Jeune homme, tu croiras peut-être que je mens, mais jusqu'en 1947 nous ne savions pas ici qui commandait la 8e armée. On a appris plus tard que c'était Zhu Mao, et encore plus tard que Zhu et Mao étaient deux personnes, un couple, Zhu le mari et Mao la femme[1]. Alors que tout

1. En fait il s'agissait de Mao Zedong et Zhu De.

le monde savait qui était Tchang Kaï-chek, le président Tchang Kaï-chek...

– Mais alors racontez-moi pourquoi l'armée nationale a été défaite par la 8e armée de route ? demandai-je.

– Selon moi, répondit maître Du, les soldats de la 8e armée étaient capables d'endurer les difficultés, contrairement à ceux de l'armée nationale. Les types de la 8e armée n'avaient pas de prétention, qu'ils soient officiers ou subalternes, alors que ceux de l'armée nationale en avaient beaucoup. Pas tellement les grands officiers mais les subalternes. Plus ils étaient subalternes, plus ils roulaient des mécaniques. Chez nous, un sous-lieutenant de l'armée nationale a occupé l'aile est de la maison. Il se faisait apporter l'eau par une ordonnance pour se laver les pieds, tandis que le commandant de régiment de la 8e armée balayait notre cour. Et puis les gars de la 8e armée ne collaient pas aux filles, ce n'est pas qu'ils n'en avaient pas envie, mais ils n'osaient pas. Ceux de l'armée nationale, c'était différent. S'ils voyaient une jolie fille, les officiers étaient les premiers à y aller. À cause de ces quelques trucs, l'armée nationale ne pouvait que perdre.

– Mais si vous saviez que l'armée nationale allait perdre, pourquoi n'avez-vous pas rejoint la 8e armée ?

– Qui pouvait le voir sur le moment ? Si je l'avais vu, bien sûr que j'aurais rejoint la 8e armée, dit-il. Et si je l'avais rejointe, au jour d'aujourd'hui, au pire je serais un secrétaire de Parti de commune populaire. J'aurais la cote et le vent en poupe. Là où je m'assoirais, ça fumerait sous mes fesses. Cela dit, j'aurais aussi très bien pu être tué par un boulet. Notre destin dépend du ciel, le Seigneur a décidé de notre sort à l'avance, ça ne sert à rien de gamberger. On ne peut pas s'opposer au ciel, je sais me contenter de ce que j'ai. Si je compare avec plus haut que moi, je ne suis pas satisfait. Si je compare avec ceux qui sont en dessous, je suis riche ! »

Nous devisions en marchant, avançant pas à pas, en zigzaguant. Quand nous en avions assez de causer, nous nous taisions. Alors nous dodelinions de la tête, gagnés par le sommeil. Quand j'y repense aujourd'hui, je revois une image émouvante : le rond du soleil au-dessus de nous, le chemin de terre doré sous la lumière, un vieux portant une couronne d'herbes sur le crâne et un cartable sur le dos, penché en avant, avec ses deux yeux, le grand et le petit, éblouis, la laisse du veau à l'épaule, tendant son cou noir et avançant la tête à chaque pas, tels les haleurs que je vis plus tard le long des canaux. Derrière lui, la gueule du veau tiré par la laisse vers le haut, couvert de larmes et de mouches. Derrière ce museau, son échine courbée et sa queue coincée entre les jambes. Ses bourses étaient trop laides, ne les mettons pas dans le tableau. Mais il faut que je me dépeigne aussi en tant que personnage central. J'étais laid, mais je n'en étais pas conscient. J'aimais faire des grimaces, au point que même ma sœur avait un jour demandé à ma mère : « Maman, pourquoi est-il si laid ? S'il fallait le peindre, le peintre ne saurait pas comment s'y prendre. » Cette question n'avait pas réjoui ma mère. Elle avait dit : « Ceux qui ont des chiens aiment les chiens, ceux qui ont des chats aiment les chats. Vous ne l'aimez pas, c'est pour ça que vous le trouvez laid. » Mais, quand elle était en colère, elle me traitait aussi de laideron. Je me penchais sur la margelle du puits pour voir à quoi je ressemblais, et en effet il y avait bien quelques problèmes. Par exemple, j'avais une canine de tigre. Ma sœur avait dit que j'avais des dents de scie et des crocs, et de colère j'étais allé chercher une lime pour raboter la canine. Cela m'avait fait mal aux gencives, et même à la tête, mais pour être beau, j'avais raboté cette dent de tigre. Lorsque j'avais raconté cette histoire aux gens du village, ils ne m'avaient pas cru, ils pensaient que je blaguais. J'avais une unique touffe de cheveux sur le crâne, des teignes comme des pièces de monnaie sur le visage. À cette époque les garçons avaient souvent de telles taches sur la figure. On disait qu'on pouvait les faire partir en les frottant avec de l'abricot aigre, et nous étions allés en voler pour essayer, mais je n'ai jamais vu personne y arriver. Penché en avant, je portais sur l'épaule un balluchon bleu, un pantalon trop grand, des souliers trop larges, à la main un vieil éventail de feuilles de palmier, que j'agitais par intermittence derrière les bourses de Double Échine. Nous n'étions pas beaux, ni les hommes ni le veau, mais nous étions particuliers. Si vous voulez, je puis aussi peindre les arbres du bord du chemin. C'étaient pour la plupart des peupliers, avec de-ci de-là des sophoras. Il y avait dans les peupliers ces « insectes pendus », selon leur nom populaire, qui flottaient dans le vent. Les blés du bord du chemin étaient en fleur, dégageant une odeur douceâtre. L'image est belle, mais j'étais perclus de douleur. J'avais mal à la tête, ma vue se brouillait, j'avais un goût amer dans ma bouche sèche, j'avais mal aux pieds. Mais ces douleurs, par rapport à celles du veau, étaient insignifiantes. Il avait souffert plus que la hauteur du ciel ou que l'épaisseur de la terre. Il était impossible qu'il n'ait pas mal à la tête. Nous avions un peu dormi, mais lui pas du tout. Quand j'y repense aujourd'hui, cela n'a pas de sens de ne pas laisser se coucher pendant quatre jours et quatre nuits un veau que l'on vient de châtrer. C'est de la torture. Ça l'est encore plus s'il a abondamment saigné avant et s'il a une inflammation des plaies. Il avait les jambes enflées, son sang était infecté, ses bourses qui ressemblaient à une gourde étaient sûrement pleines de pus. Comparé à ce qu'il avait subi, mes peines étaient légères comme des plumes. Et maître Du, était-ce facile pour lui ? Non, il en bavait aussi. Il avait soixante-huit ans, un grand âge pour l'époque, autant dire qu'il avait déjà un pied dans la tombe. Il n'avait presque plus de dents, juste deux grandes incisives, ce qui le rajeunissait un peu. Elles le faisaient ressembler à un lièvre et, quel que soit son âge, un lièvre est toujours agile, ce qui lui donne l'air jeune.

Ensuite arriva quelque chose d'important : je ramassai par terre un couteau.

C'était un couteau pointu avec un long manche. Comme j'avais travaillé à la pépinière de la brigade, je sus du premier coup d'œil que c'était un couteau pour les greffes. Ces couteaux-là sont très acérés, et ils ressemblent un peu au scalpel dont le camarade Dong s'était servi pour châtrer les veaux. Dès que je l'eus ramassé, j'oubliai mon mal de crâne et de pieds et, par une étrange coïncidence, j'eus envie de percer les bourses enflées de Double Échine. Je voyais clairement qu'elles étaient pleines de pus. Et j'entendais Double Échine implorer : « Frère, mon bon frère, soulage-moi ! » Je savais qu'il ne fallait rien dire à maître Du, il aurait fait échouer mon projet immanquablement. Profitant de la montée d'une petite côte, je serrai le couteau dans ma main, et sans faiblir, la main ferme, je visai juste, fermai les yeux et plantai mon couteau dans les choses. Mon geste avait été très rapide, mais ma main fut éclaboussée quand même.

Maître Du, heureusement surpris, dit : « Luo Han, tu es vachement doué ! Avec ce coup de couteau, le veau est soulagé, et moi aussi. Si tu l'avais fait plus tôt, peut-être que Double Échine aurait guéri avant, que ce ne serait pas la peine d'aller à la commune populaire... Excellent... Excellent... Quand je verrai le camarade Dong, je lui dirai de te prendre comme disciple, je m'y connais, je ne me trompe jamais sur les hommes... »

Il cassa une branche, passa derrière le veau et se mit à vider les bourses de leur pus. Double Échine avait l'air d'avoir très mal et envie de ruer. Mais il n'en avait pas la force. Il leva la patte de derrière et la reposa par terre. Il ne put exprimer sa douleur qu'en tremblant de tout son corps. Maître Du dit sincèrement : « Petit veau, un peu de patience, c'est pour ton bien... » Le pus des bourses s'écoulait, d'abord blanc, puis jaune, et à la fin rouge. Maître Du jeta sa branche et dit : « Voilà, c'est fini, tu vas guérir ! »

Nous reprîmes notre route. Le veau marchait en effet un peu plus vite. Maître Du cassa une autre branche d'un sophora avec des feuilles tendres et la lui tendit devant le museau. Le veau en tâta, comme s'il voulait en manger. Et même s'il n'en mangea pas, cela nous excita un peu. « Bon, s'il reconnaît la nourriture, c'est bon signe. Arrivés à la commune, on lui fera une piqûre, et avant trois jours il galopera comme si de rien n'était. »

Le soleil commençait à rougir lorsque nous aperçûmes le grand peuplier au milieu de la cour de la commune populaire. Tout excité, je dis :

« On est presque arrivés.

– Le mont semble tout près, mais on peut crever son cheval pour y arriver. Le peuplier semble tout près, mais on peut crever le veau. Il y a encore au moins cinq lis. Mais nous avons quand même été plus rapides que je ne le pensais. Y a pas à dire, on doit beaucoup à ton coup de couteau, mais sans ma branche ça n'aurait pas servi à grand-chose. »

Plus nous nous rapprochions, plus le ciel rougeoyait. Les ouvriers de la cotonnerie au bord du chemin avaient fini leur journée, de jeunes couples vêtus d'habits colorés se promenaient. Ils sentaient bon le savon. Et les jolies filles, en plus du savon, dégageaient une délicieuse et douce odeur de fraîcheur.

Maître Du me fit un clin d'œil et dit à voix basse :

« Luo Han, tu sens l'odeur des filles ?

– Oui.

– Jeune homme, dépêche-toi. Un jour tu te trouveras une fille comme ça à épouser.

– Je ne me marierai jamais.

– On dirait un mendiant qui grince des dents parce qu'il est pauvre ! Ne pas te marier ? Sauf si on te châtre ! »

Alors que nous discutions, un jeune couple s'arrêta au bord de la route. Le jeune homme au visage couvert d'acné demanda :

« Grand-père, où allez-vous comme ça ?

– Au poste vétérinaire, répondit maître Du.

– Qu'est-ce qu'il a, ce veau ?

– On lui a coupé les testicules.

– Couper les testicules ? Mais pourquoi ?

– Parce qu'il ne pensait qu'à ça.

– Qu'à ça ? Qu'à ça quoi ?

– La même chose que toi !

– Grand-père, vous me comparez à un bœuf ?

– Et pourquoi je ne te comparerais pas à un bœuf ? Le ciel a créé l'univers. Hommes et bêtes en font également partie ! »

La jeune femme rougit et dit : « Mao, allons-nous-en ! »

Elle avait de fins sourcils et des paupières sans pli, une grande tête et un grand visage, les dents et le teint blancs. Je ne pouvais m'empêcher de la dévorer des yeux.

Le jeune homme passa derrière le veau, se pencha et inspecta l'entrejambe de Double Échine.

« Ciel ! dit-il, surpris. Vous êtes vraiment cruels. Ma petite Guo, viens voir ça ! »

Le jeune homme appelait la jeune femme. Celle-ci rejeta ses tresses en arrière dans un mouvement de colère et partit. Le jeune homme courut derrière elle. Je tournai la tête en suivant la belle du regard. Je vis le jeune homme poser un bras sur l'épaule de la jeune femme, et curieusement elle le laissa faire.

« Retourne-toi, ça ne sert à rien de regarder », me dit maître Du.

Je me retournai, un peu embarrassé.

« Tu viens de dire que tu ne voulais pas te marier, mais tu ne peux pas décrocher tes yeux d'une fille, quand tu en vois une !

– C'est le type que je regardais !

– Ne discute pas, moi aussi j'ai été jeune. »

Il ajouta : « Cette fille, elle est fraîche comme un pain sorti de la vapeur, elle est croustillante, un joli morceau, un joli morceau ! »

Nous arrivâmes enfin au poste vétérinaire au moment où le haut-parleur de la commune populaire diffusa l'hymne national. Le soir, le haut-parleur commençait à diffuser à sept heures, à cette époque. Il entamait avec *L'Orient est rouge*, puis il annonçait le programme, puis il donnait les informations, d'abord nationales puis locales, puis les opéras modèles, puis la météo, puis enfin l'hymne national à nouveau avant de dire : « Camarades paysans pauvres et moyen-pauvres, le programme d'aujourd'hui est terminé, au revoir ! » Il était alors neuf heures et demie, à la minute près. Lorsque nous nous arrêtâmes devant le poste vétérinaire, le haut-parleur nous dit : « Au revoir » et maître Du dit : « Il est neuf heures et demie. »

J'éternuai et je dis :

« À la maison, après l'hymne national, je vais me coucher.

– Pas question de dormir aujourd'hui, dit maître Du. Nous devons vite trouver le camarade Dong pour qu'il fasse une piqûre à Double Échine. Alors on sera tranquilles. »

Le portail de fer du poste vétérinaire était fermé. En regardant par l'interstice on pouvait voir dans la cour une grande structure de bois debout, et aussi un puits apparemment, autour duquel poussaient des plantes duveteuses. Un chien aboyait, le bâtiment était noir, on n'y voyait rien.

« Maître, demandai-je, où allons-nous chercher le camarade Dong ?

– Il est sûrement à l'intérieur.

– Mais il n'y a pas de lumière, dis-je.

– C'est qu'il a dû se coucher.

– S'il dort, qu'est-ce qu'on va faire ?

– Ce veau, c'est une urgence, frappons à la porte.

– Et s'il se met en colère, qu'est-ce qu'on va faire ?

– Je ne peux pas penser à tout, et puis le camarade Dong a mangé les testicules de Double Échine. C'est logique qu'il lui fasse une piqûre. »

Nous frappâmes à la porte. Au début nous n'osions pas frapper fort, cela faisait vraiment trop de raffut, on cognait dessus et elle faisait un bruit de canon. Au bout d'un moment, le chien fonça sur nous en aboyant de plus belle – ou plutôt, il bondit sur la porte qui nous séparait de lui. Aucun bruit ne sortit de la maison. Courageusement, nous frappâmes plus fort, faisant un tintamarre de plus en plus grand qui rendait le chien fou furieux. Il bondissait sur la porte, mettait ses pattes sur la poignée, mais toujours aucune réaction dans la maison.

« Ça suffit. Même s'il était sourd, on l'aurait réveillé, dit maître Du.

– Ça veut dire qu'il n'est pas là, dis-je.

– Ces salariés ne sont pas comme nous, les paysans. Ils font leurs huit heures et puis terminé. Quand c'est fini, c'est fini.

– C'est pas juste, nous on trime pour les nourrir, et ils nous traitent comme ça ? Ne sont-ils pas au service du peuple ?

– Tu es le peuple ? Je suis le peuple ? Toi et moi sommes des péquenots, plus bas que des hommes, faut pas se prendre pour le peuple ! »

Il poussa un long soupir.

« Nous c'est rien, mais ce pauvre Double Échine ! Double Échine, l'an dernier tu avais la belle vie, cette année tu as trop souffert. Le ciel est juste, on ne peut pas être tout le temps gagnant. »

Je regardai Double Échine dans le noir, mais ne pouvais voir son expression. Je l'entendais seulement haleter.

Maître Du alluma son briquet, fit le tour de Double Échine et examina avec soin ses plaies entre les pattes, en particulier. La flamme lui brûla les doigts, il poussa un cri et le briquet s'éteignit. Aussitôt l'obscurité fut totale. Puis les étoiles se mirent à scintiller dans le ciel.

« Je vois qu'il a un peu désenflé. Je crois que s'il veut vraiment se coucher, il faut le laisser faire, dit maître Du.

– Vous avez raison, ce n'est pas de ça que dépendra sa guérison. Les deux Luxi se sont couchés et il ne leur est rien arrivé, n'est-ce pas ?

– Il y a du vrai dans ce que tu dis. S'il se couche, nous pourrons aussi dormir. »

À peine maître Du eut-il prononcé ces mots que Double Échine s'écroula par terre, comme un mur en ruine.

9

À l'aube, je fus réveillé par une gifle. Encore plongé dans un demi-sommeil, je demandai : « Maître, il fait jour ? » Il ne répondit pas. « Luo Han, c'est cuit, c'est foutu… Notre veau est mort… » À ces mots j'émergeai d'un coup de mon sommeil, et la peur et l'excitation se mêlèrent dans mon cœur. D'un bond, je m'approchai de Double Échine. Ce matin-là était très brumeux, et bien que ce fût l'aube il faisait encore presque aussi noir qu'en pleine nuit. Je touchai le veau de la main et je sentis qu'il était froid. Je le poussai un peu, il était toujours froid. Je ne voulais pas croire à sa mort.

« Maître, à quoi voyez-vous qu'il est mort ?

– Il est mort, j'en suis certain, répondit-il.

– Prêtez-moi votre briquet, que je regarde de plus près. »

Il me le tendit en disant : « Il est bien mort, bien mort… » Sans l'écouter, j'allumai le briquet et éclairai le veau : il était couché sur le dos par terre, les quatre fers en l'air, les pattes raides comme des tubes de canon. Un de ses yeux me regardait clairement et me fit sursauter. J'éteignis le briquet, et nous replongeâmes dans l'obscurité.

« Qu'est-ce qu'on va faire ? Maître, à votre avis, qu'est-ce qu'il faut faire ? demandai-je.

– Je ne sais pas, attendons !

– Attendons quoi ?

– Qu'il fasse jour !

– Qu'est-ce qu'on fera, quand il fera jour ?

– On fera ce qu'il y a à faire. De toute façon il est mort. Au maximum c'est une vie pour une vie ! dit-il, tout excité.

– Maître, je suis encore jeune, dis-je, je ne veux pas mourir...

– Sois tranquille, me rassura-t-il. S'il faut payer avec une vie, ce sera la mienne, c'est pas ton tour !

– Ah, maître Du, vous êtes vraiment trop bon ! »

Il répondit : « Ferme-la, fiche-moi la paix ! »

Nous nous adossâmes au froid portail de fer du poste vétérinaire. Les traînées blanchâtres de brume, telles des fibres de coton s'effilochant, défilaient devant nous. Il faisait humide et froid, je me recroquevillai, claquant des dents. J'essayai de me forcer à ne pas regarder le veau mort, mais je ne pouvais empêcher mes yeux de se tourner vers lui. L'épaisse brume enveloppait son cadavre, comme elle enveloppait nos propres corps. Mais je pouvais sentir l'odeur qui émanait du cadavre, une odeur de pourriture froide pas franchement désagréable, identique à celle que j'avais humée l'hiver précédent en passant devant l'hôtel de la commune populaire.

La brume n'était pas encore dissipée, le jour pas encore levé, mais le haut-parleur de la commune populaire se mit en marche, diffusant *L'Orient est rouge*. Nous sûmes ainsi qu'il était six heures. La chanson se termina rapidement, mais l'orient n'était toujours pas rouge, le soleil n'avait pas commencé à se lever. Très vite l'orient devint blanc, et la brume s'éclaircit. Je me levai et me dégourdis les jambes. Maître Du, adossé au portail de fer, toussa, d'une quinte de toux violente, à en faire trembler le portail.

« Maître, vous êtes malade ? demandai-je.

– Non, je ne suis pas malade, j'ai juste froid, jusqu'au creux des os. »

Je songeai immédiatement à une expression de ma grand-mère, qui disait que dès qu'on avait froid jusqu'au creux des os on n'était pas loin du trépas. Comme j'allais la lui répéter, il se leva en toussant.

Nous fîmes le tour du veau, moi derrière lui. À présent nous le voyions très clairement. Il était mort sans un bruit, aucun de nous deux n'avait entendu le moindre son. On peut dire qu'il avait quitté ce monde silencieusement. Il était là, couché sur le dos. Toute sa vie un bœuf est soit debout, soit allongé sur le ventre. Ce n'est que mort qu'il peut se tenir de façon aussi négligée. Il avait l'air de s'étirer confortablement, et son corps semblait plus grand que quand il vivait. À le voir ainsi il donnait l'impression d'être un bœuf, et pas un maigre en plus.

Maître Du dit :

« Luo Han, je reste ici à le garder. Cours chez ton oncle grêlé lui annoncer la nouvelle.

– J'ai pas envie.

– Tu es jeune, tu cours vite. Tu veux tout de même pas qu'un vieux comme moi y aille ?

– Vous avez raison, j'y vais. »

Je nouai mon balluchon autour de ma taille et partis en courant vers le village.

Juste comme j'arrivais devant la grande porte de la cotonnerie, je tombai sur l'oncle grêlé. Il était à vélo, le corps raide comme un épouvantail. Il ne savait pas bien en faire. De loin je l'avais reconnu et je l'avais immédiatement appelé. Dès qu'il m'avait entendu, il avait commencé à se préparer à descendre, mais il ne le fit qu'après m'avoir dépassé d'une dizaine de mètres, et encore d'une façon peu glorieuse, puisqu'il ne descendit qu'après être tombé à terre avec son vélo. J'accourus et annonçai, la gorge nouée : « Oncle grêlé, notre veau est mort… » Il avait coincé la roue avant entre ses jambes et s'efforçait de redresser le guidon.

Je reconnus la bicyclette de Guo Haosheng, le célèbre vieux beau du village, parce qu'elle était décorée de guirlandes de plastique de toutes les couleurs. Il tenait à son vélo comme à la prunelle de ses yeux et réussir à l'emprunter était un exploit exceptionnel qui témoignait d'un immense respect pour l'emprunteur. Si Guo Haosheng avait vu l'oncle grêlé renverser son vélo, il en aurait été vivement meurtri. Je commençai : « Oncle grêlé... » Mais il m'interrompit :

« Luo Han, si tu oses aller raconter à Guo Haosheng que j'ai fait tomber son vélo, je te casserai la gueule.

– Oncle grêlé, notre veau est mort... »

L'oncle grêlé se fit soudain attentif.

« Que dis-tu ?

– Le veau est mort, Double Échine est mort... »

Il prit mes mains dans les siennes, ému.

« C'est vrai ? Je pensais bien qu'il allait mourir, c'est pour ça que je suis venu... Allons-y, allons voir, monte sur le porte-bagages. »

Il mit le pied gauche sur la pédale gauche, le pied droit s'appuyant au sol, et petit à petit, au prix d'un grand effort, il mit la bicyclette en mouvement, puis commença à pédaler vigoureusement, de toutes ses forces, stabilisant le vélo, et me cria : « Luo Han, vite, saute sur le porte-bagages ! » Je courus derrière et sautai sur le porte-bagages en m'y accrochant. L'oncle grêlé pencha dangereusement, cria : « Aïe, aïe, aïe ! Ça va pas… » et tomba dans le fossé.

Il s'était fait une belle bosse en se cognant la tête contre une tuile bleue. J'avais le ventre coincé par le porte-bagages, la douleur me coupait le souffle. L'oncle grêlé se releva et, sans prêter attention à moi, releva la bicyclette de Guo Haosheng, la mit sur le chemin et l'inspecta soigneusement. Il y avait de la terre sur le guidon et sur le cadre, et il l'essuya avec son mouchoir. Puis il la mit sur la béquille, s'accroupit et fit bouger les pédales à la main, mais elles étaient tordues et coincées. Le visage inquiet, il dit : « Merde alors, cette fois c'est la merde… » Je dis : « Oncle grêlé, le veau de la brigade est mort… » Il se mit en colère : « Il est mort, tant mieux, on va bouffer de la viande, qu'est-ce que tu as à ronchonner ? Si tous les bœufs de la brigade de production crevaient, on vivrait beaucoup mieux, putain de merde ! » Je savais que ce que je disais n'était pas à la hauteur des circonstances, mais la froideur de la réaction de l'oncle grêlé me surprit. Si nous avions su que la brigade faisait si peu de cas de notre bétail, pourquoi l'aurions-nous surveillé jour et nuit ? Pourquoi nous serions-nous donné la peine de le traîner jusqu'à la commune populaire ? Pourquoi même nous faire tout ce souci pour lui ? Mais la mort de Double Échine me faisait néanmoins de la peine, ce qui montre que j'avais bon cœur, et des sentiments pour lui.

L'oncle grêlé s'assit par terre et me demanda de tenir le vélo devant lui. Le cadre entre ses jambes, il prit les pédales des deux mains et, de toutes ses forces, les tira vers l'extérieur. Puis il relâcha une main et de l'autre essaya de les faire tourner : la roue arrière se mit en mouvement, belle récompense de l'effort accompli. Tout content, il dit : « Elle est à peu près redressée ! Encore un effort ! » Il me fit tenir le vélo et pesa de nouveau sur la pédale. Il commençait à fatiguer, relâcha son effort et dit en haletant : « Putain, pas de bol. Ce matin en sortant j'ai vu un lièvre, je savais que la journée serait pas bonne ! » Je dis :

« Tu es un cadre, tu crois encore à ces superstitions ?

– Cadre de mes deux, oui ! »

Il me lança un regard noir et partit en poussant le vélo, cracha quelques mollards puis se tourna vers moi.

« Si tu oses dire quoi que ce soit à Guo Haosheng, je te casse la gueule !

– Je ne dirai rien, promis. »

Je demandai : « Oncle grêlé, qu'est-ce qu'on va faire pour le veau ? »

Il sourit et dit : « Qu'est-ce qu'on va faire ? C'est simple : on va le ramener, le dépecer et répartir la viande ! »

Peu avant d'arriver au poste vétérinaire, il me recommanda encore :

« Tu fermes ta gueule, peu importe qui te demande quoi que ce soit, défense de parler !

– Tu veux que je fasse semblant d'être muet ?

– C'est ça, fais semblant d'être muet ! »

10

Arrivé devant le poste vétérinaire, l'oncle grêlé, le visage couleur de rouille, mit le vélo sur sa béquille, fit le tour du veau et dit d'un ton sévère : « Bravo, père Du ! On te confie un veau pour le soigner, eh bien non, tu le laisses crever ! »

Maître Du dit, avec les intonations d'une pleureuse : « Chef, depuis qu'on l'a châtré, Luo Han et moi en avons plus que bavé. On n'a pas pu l'empêcher de mourir ! »

J'ajoutai :

« Cela fait quatre jours et quatre nuits qu'on n'a pas dormi.

– Toi, la ferme ! dit l'oncle grêlé. Si tu oses encore l'ouvrir, tu vas voir si tes oreilles vont pas chauffer ! »

Puis il demanda à maître Du :

« Que disent les gens du poste vétérinaire ?

– On n'a pas encore vu leur ombre, à cette heure !

– Vous êtes morts, ou quoi ? Pourquoi ne les avez-vous pas appelés ?

– On a failli bousiller le portail en fer. Si vous ne me croyez pas, demandez à Luo Han. »

Je me tins coi, effrayé à l'idée que quelque son ne sorte de ma bouche.

L'oncle grêlé roula une cigarette. Il tira la langue, lécha pour coller le papier et cracha les bouts de tabac qu'il avait dans la bouche, jurant dans la foulée : « Putain de bordel ! »

Maître Du dit :

« Chef, vous pouvez me tuer ou me cogner, comme vous voulez, mais pas m'insulter. Je vais avoir soixante-dix ans d'un jour à l'autre.

– Je t'ai insulté, moi ? J'insultais le veau !

– Vous pouvez insulter le veau, mais pas moi. »

L'oncle grêlé regarda maître Du et lui jeta la cigarette qu'il venait de rouler.

Celui-ci l'attrapa, sortit son briquet et l'alluma. Il s'accroupit et fuma, recroquevillé comme un hérisson apeuré.

Le haut-parleur s'était tu, la brume était dissipée, le soleil s'était levé. Dès qu'il apparut, tout s'éclaira. Le siège de la commune populaire se déployait devant nous, majestueux. En face du poste vétérinaire, de l'autre côté de la rue pavée de pierre, se trouvait le complexe du comité révolutionnaire. Aux deux montants du portail étaient accrochés de grands panneaux verticaux, caractères rouges sur fond blanc, l'un annonçant le comité révolutionnaire, l'autre le comité de Parti de la commune. Derrière le portail, on voyait un pan de mur sur lequel étaient peints un soleil rouge, une vague verte et un bateau blanc, la proue dressée. À côté du soleil était tracée une rangée de caractères tout tordus : « Pour traverser la mer nous faisons confiance au timonier. » À gauche, il y avait la boutique de la coopérative ; à droite, l'hôtel ; à droite de l'hôtel, le bureau d'administration des céréales ; à gauche de la coopérative, le bureau de poste. Le poste vétérinaire était derrière nous. À sa gauche, les abattoirs ; à sa droite, le poste militaire. Toutes les administrations du Parti de notre commune et les commerces étaient réunis là, notre veau était couché presque en plein milieu. Les grands portails de ces bâtiments me faisaient froid dans le dos, il me semblait qu'ils allaient nous avaler. Cette impression était très forte, mais l'oncle grêlé m'avait interdit de parler, je devais donc la garder par-devers moi.

La rue pavée se remplit rapidement de monde. Une fumée blanche sortit de la cheminée du réfectoire des administrations, chatouillant nos narines. Parmi ces odeurs, la plus forte, la plus appétissante était celle des beignets longs du petit déjeuner. Il me sembla les voir, tout dorés, tourner dans l'huile de friture. Je pensai aussitôt que le mari de la fille aînée de maître Du était cuistot au réfectoire de la commune. Si maître Du entrait le chercher, il pourrait certainement se remplir la panse. Peut-être avait-il oublié ce gendre à cause de la mort du veau. Il y avait aussi le mari de sa quatrième fille qui travaillait aux abattoirs, et s'il allait le trouver, il pourrait sans doute obtenir de quoi se caler l'estomac. Peut-être avait-il aussi oublié ce gendre. Le plus important était que les deux gendres nous auraient probablement aussi invités, l'oncle grêlé et moi, à entrer et à nous remplir la panse. Je lançai à maître Du un regard appuyé pour le lui rappeler. Mais il avait les yeux à demi fermés, on aurait dit qu'il ne voyait rien. J'avais les mots sur le bout de la langue, prêts à sortir. C'est alors que l'oncle grêlé dit :

« Père Du, tu n'es pas allé voir tes deux chers gendres ?

– Les voir pour quoi ? Ils travaillent tous les deux pour la collectivité, je ne voudrais pas les ralentir dans leur travail.

– Même l'empereur a ses parents pauvres ! Va les voir, c'est l'heure de manger.

– Plutôt mourir de faim que manger un repas mendié.

– Père Du, dit le grêlé, je sais que tu as des scrupules qui t'honorent, et tu as sans doute peur justement que Luo Han et moi profitions de l'occasion. Nous ne t'accompagnerons pas, aucun danger ! »

Maître Du fit une grimace, comme s'il allait pleurer, et attendit un certain temps avant de dire :

« Chef, vous voulez abuser de mon honnêteté.

– Je plaisantais, voyons ! »

L'oncle grêlé eut un rire forcé, puis reprit brusquement son sérieux : « Voilà le camarade Dong ! »

Le camarade Dong arrivait à bicyclette sur la route pavée, tel un oiseau de mauvais augure. Il roulait vite, comme s'il nous avait vus. Il sauta de son vélo devant le veau et cria : « Monsieur Guan, c'est vous ? » Puis il me vit avec maître Du : « C'est vous ? » Il se planta devant le veau et demanda : « Qu'est-ce qui s'est passé ? »

Le camarade Dong s'accroupit, inspecta les yeux de Double Échine, puis se déplaça toujours accroupi vers l'arrière et examina ses bourses. Il avait l'air de n'y rien voir. Il ôta ses lunettes et les frotta sur son pantalon, puis les remit et regarda de plus près, mettant presque le nez dedans. Il y mit le doigt, puis soupira. Il se releva, ôta à nouveau ses lunettes pour les nettoyer, clignant des yeux, une expression de douleur sur le visage. « Pourquoi n'êtes-vous pas venus plus tôt ? » demanda-t-il.

L'oncle grêlé répondit : « On est venus dès hier soir ! On s'est à moitié brisé les mains à cogner sur la porte ! »

Le camarade Dong baissa la voix et s'adressa à l'oncle :

« Monsieur Guan, si quelqu'un vous pose la question, j'espère que vous direz que j'ai essayé de le sauver toute la nuit, mais que sa maladie était trop grave, que je n'ai pas pu le sauver.

– Vous nous demandez de mentir !

– Rendez-moi ce service ! »

L'oncle grêlé nous dit à voix basse : « Vous avez entendu, vous deux ? Vous parlerez selon les instructions du camarade Dong ! »

Le camarade Dong dit : « Merci beaucoup, je vais vous établir un certificat de décès. »

11

L'oncle grêlé demanda à maître Du de bien garder le veau, et bien sûr de surveiller de plus près encore le vélo de Guo Haosheng, à tout prix ; le veau ne risquait pas grand-chose, personne n'en voudrait un vivant, et personne ne pouvait emporter comme ça un veau mort, tandis que la bicyclette pouvait être volée ou même arrachée des mains, cela arrivait très souvent. Puis il m'emmena dans le complexe de la commune populaire, le certificat de décès établi par le camarade Dong à la main.

C'était la première fois que j'entrais dans cette enceinte, avec son allée centrale bordée de houx, ses rangées de hauts bâtiments aux tuiles rouges et les peupliers devant, les murs de briques rouges couverts de slogans. Tout m'excitait, me tourmentait, m'émouvait, tout en me faisant peur. Je me sentis comme un voleur, comme un espion, mon cœur battait la chamade, j'écarquillais les yeux. L'oncle grêlé me dit à voix basse : « Marche la tête baissée et arrête de regarder de tous les côtés ! »

L'oncle grêlé demanda à un fier balayeur où se trouvait le bureau du responsable des bovins, le directeur Sun. Le camarade Dong venait tout juste de nous dire que ce monsieur contrôlait tous les bovins de la commune de la naissance à la mort. Son pouvoir était sans limites. Il devait bien y avoir un millier de têtes dans la commune. Si on les alignait, ça ferait une longue file. Et si on les lâchait, ils rempliraient aisément la rue. Qu'autant de bœufs soient sous la responsabilité d'un seul homme, voilà qui était original. Je songeai alors que, dans cette vie, je serais très content si j'avais un jour le pouvoir de contrôler les veaux de la moitié de la commune populaire.

J'entrai dans son bureau en suivant timidement l'oncle grêlé. Un gros chauve – inutile de dire qu'il s'agissait de M. Sun – se curait les dents avec une allumette, de la main gauche. Il tenait une cigarette entre l'index et le majeur de sa main droite. Je vis que c'était une cigarette Belle Récolte parce qu'il y avait sur la table un paquet entamé. C'étaient des cigarettes pour les cadres, le peuple ne pouvait pas en acheter. Elles avaient naturellement bon goût, et la sienne allait presque lui brûler les doigts. J'espérais qu'il jetterait le mégot, tout en sachant qu'aujourd'hui s'il le faisait je ne pourrais pas le ramasser, sinon l'oncle grêlé me filerait un coup de pied maison au derrière. J'étais capable de me contrôler dans les moments importants. L'oncle grêlé s'inclina et demanda respectueusement : « Vous êtes bien le directeur Sun, n'est-ce pas ? »

L'homme se contenta d'un « hum » pour toute réponse.

L'oncle grêlé lui tendit aussitôt le certificat de décès établi par le camarade Dong et dit : « Un veau de notre brigade est mort... »

Le directeur Sun prit le certificat, le balaya du regard et demanda :

« Quel village ?

– Taiping, répondit l'oncle grêlé.

– Quelle maladie ?

– Le camarade Dong a dit que c'était une maladie infectieuse aiguë. »

M. Sun poussa un grognement, porta à nouveau le certificat devant ses yeux et le lut.

« Qu'est-ce que vous avez fabriqué ? Vous ne savez pas que les bœufs sont des moyens de production ?

– Si, si, bien sûr, dit l'oncle grêlé. Les bœufs sont des moyens de production du socialisme, ils sont vitaux pour les paysans pauvres.

– Vous le saviez et vous l'avez laissé attraper la maladie ?

– Nous avons commis une faute. À notre retour, nous allons désinfecter totalement l'étable, corriger nos erreurs, et garantissons que ce type d'événement qui réjouit les ennemis de classe et consterne les paysans pauvres ne se reproduira pas.

– Le responsable de l'étable appartient à quelle classe ?

– Paysan pauvre. Mendiants depuis huit générations ! »

M. Sun grogna encore une fois, puis sortit de sa poche un stylo et écrivit sur le certificat. Son stylo était sec, il n'écrivait pas. Il le secoua, sans succès. Il le secoua encore une fois, mais il n'écrivait toujours pas. Il se leva, prit un encrier sur le rebord de la fenêtre, souffla la poussière dont il était couvert, le déboucha et y trempa son stylo pour le remplir par aspiration. Pendant ce temps, il demanda distraitement : « Où se trouve votre veau ? »

L'oncle grêlé ne répondit pas.

Je pensai que l'oncle grêlé n'avait pas entendu la question de M. Sun, et je répondis à sa place : « Notre veau est devant la porte du poste vétérinaire de la commune populaire. »

M. Sun fronça ses sourcils épais et courts, repoussa l'encrier et le stylo, et dit : « Maladie infectieuse, il faut faire attention, allons voir ! »

L'oncle grêlé dit : « Monsieur Sun, pas la peine de vous déranger, nous allons le ramener immédiatement. »

M. Sun prit un air sévère. « Qu'est-ce que vous dites là ! Le travail révolutionnaire, il faut le faire sérieusement ! Allons-y ! »

Pendant qu'il fermait sa porte, l'oncle grêlé me lança un regard noir.

Un attroupement s'était formé autour de Double Échine. M. Sun écarta les gens et s'approcha. Il souleva un œil du veau et regarda, retourna une lèvre et inspecta, et finit en examinant ses bourses. Il se redressa, se frotta les mains, comme s'il voulait en faire partir les saletés. Les badauds ne perdaient pas une miette de ses gestes, on eût dit les parents d'un malade attendant le diagnostic du médecin. M. Sun explosa soudain : « Qu'est-ce que vous regardez comme ça ? Qu'est-ce que c'est que cet attroupement ? Un veau crevé, qu'y a-t-il d'intéressant à voir ? Tirez-vous, laissez-moi faire ce que j'ai à faire, ce veau est mort de la peste aiguë, vous n'avez pas peur d'être contaminés ? »

Au mot de « peste », la foule se dispersa sur-le-champ.

M. Sun appela : « Camarade Dong ! »

Le camarade Dong accourut, l'échine courbée, puis se planta au garde-à-vous devant M. Sun, s'inclina à nouveau et dit : « À vos ordres, monsieur Sun ! »

M. Sun fit un geste de la main et dit, d'un air fort mécontent : « Si ce veau est mort d'une maladie contagieuse aiguë, pourquoi est-il encore là ? Il y a beaucoup de passage ici, vous ne craignez pas qu'il y ait contamination ? Camarades, vous êtes trop négligents. Si cette maladie se répand, vous imaginez les dégâts pour notre commune populaire ? Les pertes économiques peuvent encore être compensées, mais pas les conséquences politiques, vous comprenez ? »

Le camarade Dong frotta les mains sur son pantalon et dit :

« Nous nous sommes laissé dépasser, je vais examiner tout de suite…

– Arrêtez de parler d'examen. L'important, c'est d'agir. Il faut vite emmener ce veau aux abattoirs. Vous le découperez, prendrez un échantillon pour le faire examiner, puis vous le ferez stériliser à haute température par l'abattoir avant de le transformer en engrais ! »

L'oncle grêlé s'interposa, nerveux : « Monsieur Sun, ce veau n'est pas mort de maladie infectieuse, mais parce qu'on l'a châtré ! »

Le visage du camarade Dong pâlit à vue d'œil.

L'oncle grêlé me désigna avec maître Du. « Si vous ne me croyez pas, demandez-le-leur. »

M. Sun regarda le camarade Dong et demanda : « Qu'en est-il exactement ? »

Le camarade Dong s'expliqua en bégayant : « C'est vrai, ce veau venait d'être châtré, mais il a attrapé une maladie infectieuse aiguë… »

M. Sun fit un geste agacé de la main et dit : « Enlevez-moi ce veau, découpez-le, prenez un échantillon à analyser et transformez-le-moi en engrais, et que ça saute ! »

L'oncle grêlé insista : « Monsieur Sun, s'il vous plaît, laissez-nous le ramener au village… »

M. Sun se fâcha tout rouge : « Le ramener pour quoi faire ? Vous voulez contaminer tout le cheptel de votre brigade ? Vous voulez qu'il crève en entier ? Comment vous appelez-vous ? Vous êtes de quelle classe ? »

L'oncle grêlé blêmit. Ses lèvres tremblèrent, mais aucun son n'en sortit.

12

Trois jours après la mort de notre veau, le 1er mai 1970, une affaire extraordinaire se produisit au siège de la commune : intoxication alimentaire de trois cents personnes, qui montraient toutes les mêmes symptômes – fièvre, vomissements, diarrhée. La plupart des victimes étaient des cadres de la commune, les employés qui mangeaient le grain des silos nationaux et leur parentèle. Cette affaire ébranla d'abord le comité révolutionnaire du district, puis celui de la province, on dit même qu'elle remonta jusqu'à la capitale. Les médecins de l'hôpital du district vinrent en ambulance, ceux de l'hôpital de la province en train, il n'en vint pas de la capitale, mais celle-ci dépêcha un hélicoptère avec des médicaments d'urgence. Le minuscule hôpital de la commune ne pouvait accueillir autant de patients. On mit donc l'école primaire en vacances, et on transforma les pupitres en lits de malade et les salles de classe en chambres d'hôpital. Il se trouva que le régiment 6037 s'entraînait dans les parages, et l'hôpital du régiment fut mis pleinement à contribution. Selon des malades, le niveau des médecins de l'Armée populaire de libération était très élevé et les jeunes soldates qui faisaient les piqûres piquaient avec précision, elles réussissaient toujours du premier coup. Alors que quand les docteurs de notre hôpital piquaient une veine le sang ne sortait pas, ils essayaient une autre fois et ça ne marchait pas non plus. Ils s'y reprenaient tant de fois que le bras du patient était en sang. Ils finissaient par y arriver comme un chat aveugle attrape une souris morte.

Sur le moment on n'avait pas songé à une intoxication alimentaire, car depuis que Pan Gu[1] avait séparé le ciel de la terre, depuis les trois augustes et les cinq empereurs jusqu'à aujourd'hui, nous n'avions jamais entendu dire que l'on pouvait s'intoxiquer avec de la nourriture. Le comité révolutionnaire de la commune avait écrit dans son rapport au comité révolutionnaire du district que des ennemis de classe avaient mis du poison soit dans les puits, soit dans la farine. Le comité révolutionnaire du district dans son rapport au comité révolutionnaire de la province avait écrit la même chose. Et donc au début de cette affaire tout le monde était sur les dents et restait mystérieux. Les

1. Personnage de la mythologie chinoise, premier être à avoir émergé du chaos originel.

dirigeants mettaient toute leur énergie à 1) dénouer l'énigme, 2) sauver les gens. Selon une analyse, les empoisonneurs étaient 1) des agents du Kuomintang envoyés par Taïwan, 2) des ennemis de classe dissimulés. Il y eut immédiatement des gens qui rapportèrent au commandement provisoire formé pour la circonstance avoir vu dans la nuit trois signaux lumineux rouges, d'autres découvrirent la radio abandonnée par l'ennemi. Les agents du commandement provisoire venaient tous du district et des communes voisines, les dirigeants de notre commune ayant tous été intoxiqués, et plutôt gravement. Du coup le haut-parleur ne cessait de diffuser des consignes, demandant aux paysans moyen-pauvres de rehausser le niveau d'alerte et de s'opposer aux agissements destructeurs de l'ennemi de classe. Tous les villages enfermèrent alors les membres des « quatre catégories[1] » pour les surveiller. Ils étaient même accompagnés aux toilettes par un militaire. En même temps les villages commencèrent à faire des vérifications en série pour que les « quatre catégories » avouent leurs crimes, en battant ces malheureux jusqu'au sang et jusqu'à ce qu'ils demandent grâce au ciel. L'armée participa

1. Les quatre catégories du mouvement de 1956 : propriétaires fonciers, paysans riches, contre-révolutionnaires auxquels ont été ensuite rajoutés les « mauvais éléments ».

activement, barrant l'accès au siège de la commune, plaçant à chaque entrée un soldat en armes et organisant des patrouilles motorisées la nuit. Une fois ils firent une patrouille dans notre village, ce qui nous ouvrit des horizons insoupçonnés. Personne n'avait jamais vu quelque chose se mouvoir aussi vite. On avait d'abord aperçu une lumière venant de l'ouest, et avant qu'on ait pu la distinguer clairement les moteurs vrombissaient dans nos oreilles et, alors qu'on s'apprêtait à bien regarder, ils avaient déjà disparu. Ils filaient vraiment comme l'éclair.

Après quelques jours de ce manège, on n'avait attrapé ni espion ni ennemi de classe clandestin. La plupart des malades étaient sortis de l'hôpital. Les services d'hygiène du district, sous la supervision de ceux de la province, finirent par identifier la nourriture qui avait intoxiqué quelque trois cents personnes : c'était notre Double Échine. Ils expliquèrent que dans sa chair et ses tripes se trouvait une bactérie, la salmonelle, qui résistait aux températures supérieures à 3 000 degrés et qu'on pouvait faire bouillir trois ans sans l'anéantir.

Lorsqu'on eut identifié la salmonelle, la lutte des classes se transforma en recherche des coupables. Le comité d'enquête sur l'intoxication par la salmonelle du comité révolutionnaire de la commune populaire envoya deux enquêteurs au village, qui nous convoquèrent, moi, maître Du, l'oncle grêlé, l'un posant les questions et l'autre notant les réponses. Je n'aurais parlé pour rien au monde. Lorsque la pression était trop forte, je faisais semblant de pleurer. Maître Du fit l'imbécile. Tout fut donc raconté par l'oncle grêlé. Il raconta d'abord comment le camarade Dong en opérant Double Échine avait fait exprès de couper une artère, puis comment il avait tardé à lui faire une piqûre, qu'il s'était entendu avec le directeur Sun au préalable pour faire crever notre Double Échine et récupérer sa viande pour la fête du 1er mai. Mais le Seigneur veillait.

Nous ne savons pas la teneur du rapport de ces deux enquêteurs, mais nous savons comment l'affaire a été réglée.

À la fin, toute la responsabilité a été imputée au quatrième gendre de maître Du, Song Wulun – celui qui travaillait dans les abattoirs de la commune populaire. C'est lui qui n'avait pas obéi aux instructions de M. Sun, qui avait vendu cette viande empoisonnée aux dirigeants de la commune de tous grades et aux employés des administrations, et provoqué cette sombre affaire. Et même s'il fut lui aussi intoxiqué, assez gravement d'ailleurs, il perdit sa place et fut suspendu du Parti pour un an.

À la lumière de l'invincible pensée de Mao Zedong, avec l'aide désintéressée de l'Armée populaire de libération, sous la direction éclairée des comités révolutionnaires de la province, du district, de la commune, grâce à l'effort collectif de tout le personnel de santé impliqué, sur trois cent huit personnes intoxiquées on ne déplora qu'un mort (par crise cardiaque). Ce fut une grande victoire de la « Grande Révolution culturelle et prolétarienne ». Si cette affaire s'était passée à l'époque de l'exécrable ancienne société, sur trois cent huit personnes il n'y aurait pas eu de survivant. Même si nous avions perdu quelqu'un, ça ne comptait pas parce qu'il était mort de sa maladie du cœur.

Celui qui périt d'une crise cardiaque n'était autre que le mari de la fille aînée du père Du, qui travaillait comme cuistot au réfectoire de la commune populaire, Zhang Wukui.

Mais, dans notre village, tout le monde dit qu'il était mort d'une indigestion de bœuf.

LE COUREUR DE FOND

1. Petite introduction

Ce texte est dédié à la mémoire d'un homme aux talents enfouis.

Il s'appelait Zhu Zongren.

Il était instituteur remplaçant dans notre école primaire de Dayanglan. Issu d'une famille de paysans riches, il était catalogué comme élément de droite.

En fouillant dans mes souvenirs, qui remontent à plus de trente ans[1], je revois un homme entre deux âges, parfaitement normal. Ses cheveux peignés en arrière lui dégageaient le front, protubérant comme une calebasse ; il portait d'épaisses lunettes de myope, les branches entourées de sparadrap ; aucune ride horizontale sur le front, mais en revanche de nombreuses rides verticales sur les joues ; il me semble qu'il était glabre, ou bien, s'il avait de la barbe, qu'elle était très peu fournie ; ses oreilles, placées plus haut que

1. Ce texte, écrit et publié en 1998, raconte une histoire qui se déroule en 1968.

d'ordinaire, étaient décollées. Les gens disaient de lui. « Oreilles en feuille de chou, brasseurs de gros sous. » Je ne connais pas exactement sa date de naissance. Peut-être vit-il encore, peut-être est-il mort depuis longtemps. La probabilité qu'il vive encore n'est pas grande : il nous avait dit que, lorsque soudain nous ne le verrions plus, il serait parti pour un endroit où les tigres pourraient se nourrir de son corps. Il ne pensait pas que la crémation, qui venait d'apparaître et qui était considérée comme moderne, était le bon moyen pour remplacer les enterrements. Selon lui, toutes les formes de funérailles étaient une agression brutale de l'homme contre la nature et, si l'enterrement était arriéré, la crémation n'était pas pour autant avancée. Il fallait un four, une urne pour les cendres, un columbarium, c'était encore plus enquiquinant qu'un enterrement. S'il fallait comparer, disait-il, c'étaient encore les funérailles à ciel ouvert des Tibétains qui correspondaient le mieux aux intentions de Dieu, même si elles présentaient des inconvénients. Les tigres, au moins, n'avaient pas besoin qu'on leur hache menu la viande. En fait, les vautours n'avaient nul besoin du funèbre travail des moines[1]. « Si j'ai le choix, disait-il,

1. Dans les funérailles tibétaines, les moines découpent le cadavre en quartiers et le dispersent en jetant les morceaux aux vautours.

j'irai mourir dans la forêt primitive, pour que mon corps réintègre aussi vite que possible le cycle de la nature. Pendant que les gens morts en même temps que moi seront en train de pourrir et d'empester au fond de leur cercueil, je serai déjà en train de gambader ou de planer dans les airs. » Et puis un jour on a pensé à lui et on s'est demandé : « Et M. Zhu ? Cela fait longtemps qu'on ne l'a pas vu. Eh oui, cela fait longtemps. Où est-il allé ? » C'est ainsi qu'il disparut de notre vie.

J'ai déjà brièvement évoqué sa vie dans un texte précédent, mais sans aller jusqu'au bout de mon propos. Ce texte aujourd'hui veut le commémorer, le remercier et chanter ses louanges.

2 Grande introduction

Depuis toujours chez nous, le mot « droitier » est synonyme de « personne de grande ressource ». Nous pensions que tout problème épineux ici-bas pouvait trouver une solution idéale si on faisait appel à l'un d'eux. Lorsqu'une vache ne broutait plus, qu'une poule ne pondait plus, qu'une femme était stérile, on pouvait appeler un droitier. La raison principale pour laquelle nous croyions cela, c'est qu'au camp de Jiaohe, à trois lis de notre village de Dayanglan, quelque quatre cents droitiers de notre province, presque tous titulaires d'une expertise reconnue, avaient été rassemblés. Parmi eux se trouvaient Li Zhen, rédacteur en chef du quotidien provincial, Liu le Bistouri, chef du service de médecine externe de l'hôpital populaire, Jiang Guiying, une vedette de la troupe locale d'opéra de Pékin, l'acteur de théâtre Song Chao, le joueur de *erhu* de la troupe folklorique Xu Qing, l'ingénieur général de la Compagnie de construction, et aussi des professeurs de mathématiques et de lettres de l'université, des départements d'élevage et d'amélioration génétique de l'Institut d'agronomie, les champions de l'équipe sportive des ouvriers en saut en hauteur, en saut en longueur, en natation, en sprint, en course de fond, les pongistes, les basketteurs, les footballeurs, le lanceur de javelot ; il y avait aussi cet écrivain aux yeux en amande qui avait écrit des romans pervers, l'expert comptable de la banque, plus les étudiants de toutes les facs qui avaient été étiquetés droitiers. En fin de compte, ce petit camp de Jiaohe rassemblait alors tous les talents : à peu près tout ce que la province comptait comme personnes qualifiées était là.

Ces gens-là n'étaient pas du menu fretin et, s'ils n'avaient pas été classés de droite, nous autres gamins de la campagne aurions eu à peu près autant de chances de les rencontrer que de monter au ciel. Le vieux grêlé du village, Hou Qi, racontait qu'avant la Libération la chanteuse Jiang Guiying avait embrassé un capitaliste, séparée de lui par une vitre, et gagné ainsi dix lingots d'or, et que s'il n'y avait pas eu cette vitre, si elle avait couché avec lui… mon Dieu, je vous laisse imaginer combien ç'aurait fait de lingots ! C'était cette même Jiang Guiying qui travaillait à l'élevage de poulets avec ma sœur. Elle était chef de la deuxième équipe au camp, et Jiang Guiying était sous ses ordres : si ma sœur lui disait de ramasser la fiente de poulet à la pelle ou d'aller chercher des œufs, elle le faisait. Elle obéissait, sans oser se rebeller le moins du monde. Certains la plaignaient, disant qu'« un phénix déchu vaut moins qu'une poule ». Après on s'est aperçu qu'elle n'avait rien d'un phénix, qu'elle se cachait dans le poulailler pour gober des œufs crus, même que ma sœur l'avait prise sur le fait. Et puis elle était goulue du ventre, mais aussi du bas-ventre, ce qui veut dire qu'elle aimait « ça » ; pendant son séjour au camp de réforme par le travail elle a eu deux enfants, dont elle-même était incapable de dire qui était le père.

Lei Pibao, l'intellectuel du village, celui qui avait été au lycée du chef-lieu du district, disait qu'il ne fallait pas sous-estimer cet écrivain aux yeux en amande, il avait l'air de rien mais c'était un chaud lapin. Fallait pas croire, ce type avait écrit un livre et gagné dix mille yuans ! Lei Pibao ajoutait que c'était un dégénéré, dès qu'il avait eu du succès il avait mené une vie dissolue de bourgeois. Il mangeait des raviolis à tous les repas, matin, midi et soir, ou sinon des pains farcis, en fait il ne mangeait rien qui ne soit farci – et toujours avec de la viande de porc bien grasse, quand on mordait dedans le jus giclait. Ce type écrivait non seulement des romans pervers, mais il était lui-même pervers : Lei Pibao nous raconta qu'une fois, alors qu'il était dans un train, il avait vu une jolie fille accroupie au bord de la voie, et qu'il avait tout laissé tomber pour sauter du train, il s'était même cassé la jambe. Vous avez vu ? Il a une jambe plus courte que l'autre, quand il marche il boite. Nous avions regardé de plus près et en effet il boitait : Lei Pibao n'avait pas menti.

Ces droitiers avaient l'air heureux, pas comme ceux d'autres endroits qui, après leur réhabilitation, ne cessaient de se plaindre et décrivaient leur vie de droitier avec force pleurs et en se mouchant, en la qualifiant de temps de ténèbres. Peut-être que dans les années 1960 les droitiers d'ailleurs se plaignaient aussi, mais les nôtres étaient gais et pleins d'optimisme. Le soir, ils faisaient de la musique, chantaient en s'accompagnant d'instruments, on se moquait d'eux, on les appelait l'orchestre des mendiants en quête de bonheur. Et même si Jiang Guiying était goulue du ventre et du bas-ventre, elle avait vraiment une belle voix, très claire, très douce, elle savait jouer, ses yeux parlaient, et quand elle avait fini une chanson, les célibataires du village, jeunes et vieux, fondaient littéralement. Et même si certains cadres révolutionnaires la traitaient de catin devant tout le monde, quand ils la voyaient ils avaient l'eau à la bouche. Peut-être que les droitiers cachaient leur douleur en leur for intérieur, pour que nous les villageois ne la voyions pas, oui, c'est sûrement ça.

Lorsque ces droitiers furent rassemblés au camp, au début, les fermiers du coin avaient protesté, la vie était déjà assez difficile comme ça sans qu'on leur ajoute cette bande de bons à rien, ce n'était pas possible ! Mais ils avaient très vite fait montre de leurs talents dans tous les domaines, nous ouvrant des horizons inconnus.

Le rédacteur en chef du quotidien provincial, Li Zhen, prit la responsabilité du journal sur tableau noir. Quand il était tenu par le secrétaire Qi, il fallait voir le cinéma ! Il lui fallait d'abord écrire un brouillon, le corriger, puis prendre un décimètre, apporter un tabouret, la craie, mettre ses protège-manches, se rapprocher du tableau, poser le matériel, se mettre en position de combat, avancer, reculer, puis, tels les héros de *La Pérégrination vers l'Ouest*, mettre la main en visière et observer de loin comme le singe Sun Wukong, ou psalmodier comme le moine Tang. Quand il avait assez tortillé, il allait au tableau noir dessiner une grille et alors seulement commençait à écrire, ne pouvant s'empêcher d'effacer chaque caractère trois fois. Nous regardions et voyions que ça n'allait pas, il semblait accomplir quelque tâche monumentale et avait l'air à la fois inhibé et mystérieux. Tandis que Li Zhen, après être allé verser une corbeille de fumier dans les champs, revenait devant le tableau, prenait la craie et écrivait ; il n'avait pas besoin de brouillon. Ses caractères étaient impeccables, les droites droites, les courbes courbes, les pleins pleins et les déliés déliés. Et non seulement ses caractères étaient beaux, mais il savait aussi dessiner. À côté de son texte, il traçait des fleurs et des herbes avec des craies de couleur, toutes plus belles les unes que les autres, et nous regardions avec des claquements de langue d'admiration. Pas étonnant qu'il ait été étiqueté droitier. Mon père disait : « Qu'est-ce que vous croyez, c'est pas si facile d'être classé de droite. Faut avoir des capacités. »

Et puis je vais parler aussi de la construction de la grange par Zhao le Singe. C'était cet ingénieur général, un type très maigre, la bouche en pointe et les joues creuses, affublé d'un tic qui lui faisait sans cesse cligner des yeux ; il s'appelait en fait Zhao Houzhi, mais nous l'appelions, par homonymie, Zhao le Singe[1]. Cela ne le dérangeait pas, il disait qu'à la ville on l'appelait aussi comme ça, ce qui montre que les gens de Dayanglan n'étaient pas tellement plus bêtes que les citadins. Chaque année, le camp se creusait la tête pour le stockage du grain, jusqu'à ce qu'on demande à Zhao le Singe de concevoir un grand hangar. Il ne lui fallut qu'un après-midi pour dessiner les plans, puis on lui confia la direction des travaux de construction. Le bâtiment fut construit en moins d'un an. Les gens du coin disaient de cette grange qu'elle « ressemblait de loin à un temple, de près à un chapeau de paille, si on en sortait on ne

1. « Singe » en chinois se dit « houzi ».

pouvait plus y rentrer, si on y rentrait on ne trouvait pas ». On ne trouvait pas quoi ? La sortie. C'était un vrai labyrinthe, unique au monde.

Il faut que je vous parle aussi du comptable, que tout le monde appelait le Richard. Il avait la cinquantaine bien tassée et, s'il vit encore aujourd'hui, il doit avoir plus de cent ans. Il paraît qu'il était, avant la Libération, le comptable principal de la ligne de chemin de fer reliant Jiaohe à Jilin et qu'à la Libération il avait été recruté dans la banque, ses compétences étant si grandes que même le Parti communiste ne pouvait s'en passer. Ambidextre, il était capable de se servir d'un boulier ou de compter des billets, et même d'écrire des caractères de style « fleurs de prunier » – comme la mère de Xu Shu au temps des Trois Royaumes[1], précisait mon père – de la main droite

1. Xu Shu (?~234) était l'un des conseillers du puissant seigneur Liu Bei (fondateur du royaume de Shu avec Zhuge Liang) à l'époque des Trois Royaumes. Cao Cao (155-220), fondateur du royaume de Wei et plus tard empereur sous le nom de Han Wu Di, souhaitant le prendre à son service, captura sa mère et l'emmena à la capitale. Malgré son serment de ne jamais servir Cao Cao, Xu Shu s'y rendit, sur la foi de fausses lettres de sa mère dont la calligraphie en fleurs de prunier était en principe inimitable. Celle-ci se pendit lorsqu'elle vit son fils trahir son serment. Xu Shu rejoignit plus tard Liu Bei à la faveur de la bataille de la Falaise rouge (hiver 208).

comme de la main gauche. Nous étions une dizaine de villages rattachés au camp de Jiaohe et, à la fin de l'année, les comptables de chaque village s'y rassemblaient pour rendre leurs comptes. Le vieux « Richard » faisait le compte général. Un type lisait les chiffres à la vitesse de l'eau qui coule, une dizaine de bouliers claquaient, comme des haricots qu'on fait sauter, chacun essayait de se faire bien voir du Richard. Le comptable de notre village était mon oncle : apprenti à la pharmacie depuis qu'il était petit, il maniait bien le boulier, il avait même acquis une petite réputation dans la dizaine de villages alentour pour son adresse. Je l'avais vu à l'œuvre, c'était beau, on n'arrivait pas à comprendre comment faisaient ses doigts, on entendait juste le bruit du boulier, ka la ka la. En la matière, mon oncle ne s'en laissait montrer par presque personne. Mais, une fois qu'il eut observé le Richard, il est devenu modeste. Il disait : « Quand le Richard compte, il a les yeux mi-clos, il se cure le nez ou les oreilles en même temps, prend le temps d'en faire une boulette et, quand nous avons fini nos calculs, il a déjà rendu les siens. Parfois, quand nos chiffres à nous dix ne correspondent pas aux siens, il dit simplement : "Vous vous êtes trompés." Et il a raison. »

Et puis je veux parler aussi du lanceur de javelot, Ma Hu, avant d'aborder cette mémorable course de fond. Ma Hu n'était pas du tout, contrairement à ce qu'indiquait son nom, étourdi[1]. Excellent au javelot, il avait failli battre le record chinois, à un centimètre près. Mais à notre avis, dans une compétition de javelot, la longueur n'était pas tout, il fallait aussi de la précision. Je pense que, quand les hommes primitifs lançaient le javelot, le plus important devait être la précision, sinon comment auraient-ils pu tuer du gibier ? Et sur ce plan, Ma Hu était indubitablement le champion national, peut-être même un champion du monde. En ce temps-là, les conditions de vie étaient dures et on manquait de viande, les dirigeants nationaux en avaient peut-être un peu, mais le peuple ne pouvait manger que des rats et des moineaux pour se couper la faim. Or dans notre vaste campagne, il y avait de grands espaces non cultivés, avec beaucoup de lièvres, au point qu'une année un vieux loup n'avait pas hésité à descendre du mont Changbai, à mille lis de là, pour chasser. Il y en avait tellement qu'il s'en était fait péter la panse. Vous me direz, pourquoi le peuple n'abattait-il pas les lièvres pour améliorer son ordinaire ? On n'avait ni fusils, ni arcs et flèches. Les dirigeants du camp avaient aussi envie de viande et ils laissèrent Ma Hu aller avec quelques autres droitiers chasser le lièvre. Ma Hu n'avait pas oublié sa technique et il avait apporté son javelot au camp de

1. « Étourdi » en chinois se dit « ma hu ».

réforme par le travail. Il en aiguisa la pointe sur une meule, la lame affûtée scintillait dans la lumière. Il partit dans les champs où gambadaient les lièvres et, sans même viser, lança son javelot, qui vola dans les airs, vibrant comme une queue de serpent, et retomba sur un lièvre, le clouant au sol. Il réussissait presque à chaque coup, les attrapant soit à la tête soit dans les reins. En une matinée, il en rapporta une quarantaine. Bien sûr, pour une telle prise, il avait l'aide de quelques autres droitiers. Le sprinter Zhang Dian et le coureur de fond Li Tie se chargeaient de rabattre les lièvres vers lui, jouant le rôle de chiens de chasse, l'un capable de les poursuivre sans relâche, l'autre capable de fondre sur eux. Zhang Dian abattit même un lièvre – affaibli par la diarrhée, il est vrai – d'un coup de pied, c'est dire s'il courait vite. Ce jour-là, lorsqu'ils revinrent chargés de gibier, comme des généraux vainqueurs, ils furent accueillis très chaleureusement par les droitiers, par les cadres et par les employés du camp.

Maintenant que je vous ai dressé à grands traits les portraits de ces talentueux droitistes, il faut que je vous raconte l'histoire de Zhu Zongren. Si on le compare avec ces droitiers venus de toute la province, il n'avait aucun de leurs titres de gloire, il n'était expert en rien, il n'était même pas un vrai professeur, c'était juste un type du coin, le fils d'un paysan riche, qui avait fréquenté un temps, semble-t-il, avant la Libération, l'école privée de M. Fan Er, qui aimait battre ses élèves. Il n'y avait d'ailleurs guère brillé ; mon sixième oncle, qui avait été en classe avec lui, disait de Zhu Zongren : « Quand on était petits, il était bien plus bête que moi, il n'arrivait pas à retenir ses leçons, il prenait tout le temps des coups de règle sur les doigts, au point que ses mains ressemblaient à des petits crapauds. Il ne pouvait même plus tenir ses baguettes pour manger. Mais il était très espiègle et indiscipliné, il jouait un tas de tours pendables. Une fois, il avait mis des miettes de crotte de lièvre dans le tabac de M. Fan, ce qui avait déclenché une interminable quinte de toux à la première bouffée. Il avait aussi mis une grenouille dans le pot de chambre de M. Fan, ce qui avait fait peur à sa bonne quand elle l'avait vidé. Bien sûr, cela lui valait des punitions sévères. S'il est aussi malin maintenant, c'est sûrement parce qu'il a pris de ces pilules pour être intelligent faites avec cette herbe spéciale quand il était dans le Nord-Est. »

Comparer le physique de Zhu Zongren avec celui des droitiers de la ville serait aussi vain que d'essayer de transporter du tofu en le ficelant avec du fil de fer. Parmi eux, il y avait chez les femmes Jiang Guiying, la chanteuse, et Chen Bailing, qui avait appris la littérature étrangère. Elles étaient comme des déesses descendues sur terre, les vieux célibataires du village leur avaient écrit une rengaine : « Quand Jiang Guiying coule un bronze, les vieux garçons du village se battent pour creuser les feuillées. Quand Chen Bailing pisse, les jeunes le sentent à dix lieues. » Du côté des hommes, que ce soit le champion de saut en hauteur Jiao Ting ou l'acteur de théâtre Song Chao, tous se tenaient droits et avaient de petits visages blancs, et les filles du village, lorsqu'elles les voyaient, étaient tétanisées. Les femmes de trente ou quarante ans voulaient les tenir dans leurs bras, les filles de vingt ans voulaient qu'ils les prennent dans leurs bras. Le plus laid parmi les droitiers de la ville était cet écrivain aux yeux en amande, mais même lui était plus beau que Zhu Zongren. Il avait un visage disgracieux mais il était bien bâti, sinon il n'aurait pas sauté d'un train en marche pour une fille. Zhu Zongren était bossu, on aurait dit qu'il portait sur le dos en permanence un wok qu'il aurait volé quelque part. Il y avait plusieurs versions de la façon dont il avait eu sa bosse. La plus autorisée était que, lorsqu'il traînait du côté du col de Daxing'an à faire le bûcheron, il avait dû faire équipe avec un bâtard du Henan lors du transport d'un gros tronc et l'avait payé très cher : blessé à la colonne vertébrale, il avait depuis cette bosse dans le dos. Une autre version voulait qu'il ait piqué la femme de quelqu'un qui les avait surpris et que, pris de panique, il se soit bêtement esquinté la colonne vertébrale en sautant par la fenêtre. Je croyais à la première version et récusais la seconde fermement, parce que M. Zhu était pour moi un héros, et je préférais qu'il se soit fait sa bosse en transportant du bois, c'était triste mais il restait un côté héroïque, c'était plus glorieux qu'une sombre histoire de fesses. Le col de Daxing'an se trouve dans une vieille forêt de pins rouges au tronc plus large qu'un homme, de plusieurs dizaines de mètres de haut, qui pèsent une tonne. Il fallait huit hommes avec quatre barres de bois pour en transporter un : ils le soulevaient au cri de : « Oh ! Hisse ! » puis avançaient en titubant, en chantant : « Haiyo, haiyo » sur un sentier forestier couvert de feuilles mortes pourries. Quand on y enfonçait le pied, il ressortait tout mouillé. « Haiyo, haiyo », les écureuils les suivaient en piaillant dans les branches et, soudain, un coq de bruyère s'était envolé en criant, déployant sa queue bariolée comme un éventail avant de redescendre en planant de la cime des arbres jusque dans les buissons. Le bâtard du Henan qui tenait la même barre que Zhu Zongren l'avait brusquement lâchée. Ce dernier n'avait pas eu le temps de réagir et avait roulé par terre plusieurs fois. Sa colonne vertébrale avait claqué avec un bruit sec et il s'était retrouvé rampant par terre, comme un chien galeux à qui on aurait cassé les reins. Lui qui se tenait droit comme un jeune peuplier était ainsi devenu voûté, son dos qui était plat comme une tôle était désormais bossu, voilà comment avait été gâchée la vie d'un jeune homme. Bien sûr, si cela ne lui était pas arrivé, il n'aurait pas été digne que l'on raconte son histoire.

En ce temps-là, chaque année, à l'occasion de la fête du Travail, le 1er mai, notre école de Dayanglan organisait une rencontre sportive. Au début il s'agissait d'une rencontre pour les élèves, avec de la course à pied et du saut, du basket et du lancer de grenades[1]. Cela durait juste la matinée. Plus tard, cette rencontre d'élèves devint, on ne sait trop comment, une rencontre sportive pour les enseignants, qui par la suite inclut les droitiers du camp. Du coup les rencontres sportives du 1er mai de l'école de Dayanglan acquirent un certain renom dans le district, puis dans la préfecture, et dans la moitié de la province.

Quand j'étais à l'école primaire, j'ai écrit une rédaction intitulée « Une compétition de saut en hauteur », qui me valut des éloges de la part de mon instituteur. Il avait corrigé ma copie à l'encre rouge, entourant certains caractères, en soulignant d'autres de pointillés. Il avait rédigé un commentaire de plusieurs lignes, utilisant des expressions comme « style délié »,

1. Épreuve sportive locale consistant à lancer de fausses grenades.

« description vivante », « bien ordonné », « les points importants ressortent bien », « continue tes efforts », « ne sois pas orgueilleux », etc. Puis il l'avait envoyée à un professeur de lettres du groupe des droitiers, M. Shan, qui avait dit : « Qu'un gosse de dix ans écrive comme ça, c'est rare. » M. Shan était un spécialiste d'histoire de la littérature de renommée nationale, il connaissait le nom de famille de la grand-mère maternelle de Li Bo, et recevoir ses louanges était aussi glorieux que recevoir celles de Guo Moruo[1]. Mon instituteur ne se contenta pas de ça et soumit sans vergogne ma rédaction à Li Zhen, l'ancien rédacteur en chef du quotidien provincial. Celui-ci la lut en une minute, sortit de sa poche un stylo noir gros comme un pique-feu et, en quelques traits de plume, sabra mon texte qu'il réduisit à deux minuscules paragraphes. Puis il dit : « Envoyez-le comme ça, qui sait, ils le publieront peut-être. » Mon instituteur insista pour qu'il écrive une lettre de recommandation et, comme Li Zhen n'arrivait pas à se défaire de lui, il rédigea quelques lignes pour son successeur. Mon maître et moi avons envoyé le texte, fous de joie, puis nous guettâmes chaque jour le journal. Quelques jours

1. Li Bo est un poète de la dynastie des Tang (VIIIe siècle), très connu. Guo Moruo, écrivain, était ministre de la Culture sous Mao.

plus tard le texte fut publié : cela me valut une certaine renommée, ainsi qu'à mon maître et à mon école et, surtout, à nos rencontres sportives du 1er mai.

Dès l'année suivante, les rencontres sportives des enseignants du district se tinrent dans notre école, et celle d'après, les écoles des districts avoisinants vinrent voir comment nous faisions. Le chef du comité révolutionnaire du district d'alors, le camarade Gao Feng, était à l'origine un sauteur en hauteur de l'équipe sportive prolétarienne du 1er août[1], qui s'était retiré après une blessure à la jambe et avait été affecté chez nous. Ce camarade aimait le sport, le comprenait : dès qu'il entra dans le stade, son sang ne fit qu'un tour, et quand il alla voir la barre de saut en hauteur, il eut les larmes aux yeux. Il vint personnellement assister à une rencontre sportive dans notre école, regarda les compétitions, tout excité et tout content. Et quoique fort occupé il trouva le temps de me rencontrer, de me caresser la tête de sa grande main en disant : « Jeune homme, j'ai lu ton article, il n'était pas mal du tout, continue comme ça, quand tu seras grand tu deviendras journaliste. » Il sortit de la poche de sa tunique un stylo de la marque Docteur et me l'offrit en signe d'encouragement. J'en fus si ému que je mouillai mon pantalon.

1. Date de l'insurrection armée de Nanchang (Jiangxi), en 1927, et de la fondation de l'Armée populaire de Libération.

Après la fin des épreuves, il ne retourna pas au chef-lieu du district mais alla directement au camp et tint un long conciliabule avec ses dirigeants. À son retour, il dégagea la somme de cent mille yuans pour que nous achetions des équipements sportifs et que nous remettions le stade en bon état. Toutes les questions techniques seraient réglées par les droitiers du camp ; la question de la main-d'œuvre le serait en faisant appel aux hommes de la dizaine de villages du voisinage. Les gens comme mon père aimaient faire ce genre de travail, c'était pour eux un honneur. À cette époque, cent mille yuans étaient une somme astronomique aux yeux du peuple, nous nous demandions comment on pouvait compter autant de billets. Il y eut tout de suite quelqu'un pour dire : « Ne vous en faites pas, on a le vieux Richard, il pourrait les compter avec ses orteils ! »

Lorsque j'avais écrit « Un saut en hauteur », le terrain de sport était tout bosselé, nous n'avions pas de mâchefer pour les pistes, encore moins de sable. Lorsqu'il ventait, nous étions couverts de poussière. Lorsqu'il pleuvait, nous avions les pieds dans la gadoue. Nous n'avions pas non plus de coussins amortisseurs dans la fosse de réception pour le saut en hauteur. Non seulement nous n'en avions jamais vu, mais nous n'en avions même pas entendu parler. Nous avions creusé une fosse rectangulaire dans laquelle nous avions mis de la terre meuble et c'est là que tombaient les sauteurs après avoir passé la barre horizontale, en poussant un cri. Le portique pour la barre horizontale avait été fabriqué par mon père, menuisier à ses heures, son travail était grossier mais rapide. Il avait pris deux tasseaux, les avait rabotés, y avait fixé des pieds, planté des clous à hauteur déterminée tout le long ; on les plaçait devant la fosse, puis on posait une tige de bambou sur les clous, et voilà. Il y avait un enseignant dans notre école, Wang Xiaotao, dit le petit Wang, sorti de l'école normale d'instituteurs, un petit droitier avec un chapeau à la main. C'était lui, notre professeur de gym. Il était petit mais très musclé, il courait et sautait tout le temps, comme un lapin. Nous avions écrit une comptine en son honneur : « Le petit Wang sautille et rebondit comme un gâteau de haricots quand on tape dessus. » Mon père avait dit : « Petits garnements, vous dites des âneries. Un ballon rebondit, mais pas un gâteau de haricots ! Si on frappe un gâteau comme un ballon, ça fait de la bouillie. » Wang Xiaotao courait vite et, même s'il ne pouvait rivaliser avec le champion provincial Zhang Dian, droitier du camp, comparé aux gars du village il avait des ailes aux pieds. Lorsque le district eut alloué les crédits pour refaire le stade, le directeur de l'école discuta avec celui du camp et décida de construire une estrade pour les spectateurs, pour que des dirigeants comme Gao Feng puissent y prononcer des discours et regarder les compétitions. On envoya quelqu'un au chef-lieu du district acheter un camion de bois. Le jour où le camion arriva, nous étions joyeux comme si c'était le Nouvel An. Dans le village, à part Lei Pibao qui était en terminale, personne n'avait encore vu de camion, alors vous imaginez que celui-là, chargé de centaines de rondins, fit sensation. Tout le monde s'agglutina autour, certains lui caressaient le capot, d'autres les phares, au point que le chauffeur commençait à s'énerver. Les directeurs de l'école et du camp amenèrent un groupe de droitiers qui finirent, mêlant menaces et flatteries, par nous faire reculer. Ils montèrent dans le camion et déchargèrent le bois près du terrain de sport, les adultes du village leur donnant un coup de main, puis le camion repartit. Nous courûmes derrière, tout tristes de le voir s'en aller. Lorsqu'il eut disparu, et que le nuage de poussière qu'il faisait fut retombé, nous restâmes un moment plantés là, les yeux embués de larmes, le cœur gros. Les rondins étaient empilés au bord du terrain de sport, soigneusement rangés. Mon père les caressa, le regard luisant : « C'est du bon bois, vraiment bon. C'est du vrai pin rouge du mont Changbai. » Il décrocha avec son ongle une goutte de résine d'un tronc, la sentit, puis déclara : « Avec ce bois, un cercueil ne pourrit pas, même après cent ans sous terre ; une porte ou des volets résistent cent ans aux intempéries. » Tout le monde s'était regroupé autour du tas de bois, humant l'odeur de résine, et écoutait mon père discourir. Mon père parlait sans penser à mal, mais quelqu'un dans l'assistance ne perdit rien de ce qu'il disait. Il s'agissait de Guo Yuan, un jeune au visage pâle, maigre comme un clou. Cette nuit-là, il revint en cachette dans le stade et s'empara d'un rondin.

Il fit à peu près une dizaine de pas en le traînant en zigzag et entendit soudain un cri : « Au voleur ! » Il lâcha sa prise et détala. Mais il était suivi de près. Guo Yuan était grand, il avait de longues jambes et, depuis qu'il était petit, une réputation de bon coureur ; la mauvaise conscience du voleur lui donnait la rapidité d'un cheval sauvage. Un villageois n'aurait pas réussi à le rattraper, mais, manque de chance, il était pris en chasse par le petit Wang, Zhang Dian et Li Tie. Ils le poursuivirent sur la piste du stade et, si on avait été en plein jour, on eût dit qu'ils faisaient la course, personne n'aurait imaginé qu'ils couraient derrière un voleur. Après quelques tours, Li Tie réussit à lui faire un croc-en-jambe, Guo Yuan poussa un cri et s'étala de tout son long, la tête la première, mordant la poussière. Li Tie portait des chaussures à crampons, son croc-en jambe avait failli l'estropier. Ils eurent la plus grande peine à le relever. Le petit Wang craqua une allumette et éclaira son visage. « Guo Yuan, c'est toi ! » s'écria-t-il, surpris. Guo Yuan avait la bouche pleine de sang, il bredouillait honteusement. Il avait perdu ses deux incisives, sa bouche n'était qu'un trou sanglant. Petit Wang s'empressa d'éclairer le sol avec son allumette pour retrouver les dents, et les découvrit incrustées dans la terre dure de la piste. Guo Yuan était un ami de petit Wang. Ils discutaient souvent de techniques pour « bondir sur les toits et par-dessus les murs », ils étaient presque comme des frères de sang. Guo Yuan marmonnait : « J'ai honte .. Quelle honte… » Petit Wang lui demanda : « Toi, alors ! Qu'est-ce que tu voulais faire avec ce bois ? » Guo Yuan répondit : « C'était pour faire un cercueil pour ma mère… » Voyant cela, Li Tie et Zhang Dian intervinrent : « Va-t'en, va, nous n'avons rien vu. » Guo Yuan s'éloigna en claudiquant. Ils ne furent pas trop de trois pour remettre le tronc sur la pile. Essoufflé par l'effort, Zhang Dian dit dans le noir : « Ce type, c'est dommage. Si on me laissait l'entraîner trois mois, je vous garantis qu'il battrait le record provincial du dix mille mètres. » Li Tie dit au petit Wang : « Si j'avais su que c'était ton ami, je ne lui aurais pas fait ce croche-pied. » Petit Wang dit : « Vous êtes trop gentils, il est le seul fautif dans cette affaire. On le laisse courir, c'est déjà bien beau, il s'en tire bien. Il risquait la prison, sinon. »

Le lendemain, Guo Yuan disparut de notre village. Personne ne sut où il était parti. La brigade de production alla le chercher chez lui, interrogea sa mère, son frère ; ils ne savaient rien. Et puis soudain, dix ans après, alors que nous l'avions oublié, alors que j'étais devenu un jeune homme, il réapparut, portant sur son dos une couverture grise pliée au carré. On lui demanda où il était passé pendant ces dix ans, il répondit qu'il avait été à Daxing'an.

« Qu'est-ce que tu faisais, là-bas ?

– Je transportais du bois, des pins rouges dégoulinant de résine. »

Je devins son ami et, chaque fois qu'il pleuvait trop pour aller aux champs, j'allais chez lui l'écouter raconter ces histoires étranges et curieuses de Daxing'an. Je découvris que pendant ces dix ans il avait appris un tas de choses que nous qui étions restés au village ignorions toujours, comme quoi à quelque chose malheur est bon. Il avait sur le cou une grosse hernie, attrapée en portant du bois – ce qui me conforta dans ma conviction que la bosse de M. Zhu n'était pas due à une chute en fuyant un cocu enragé.

Cette fois-là, il y avait quatre concurrents pour le saut en hauteur : un droitier de la province, spécialiste de la discipline, qui s'appelait Wang Gaochao ; notre professeur d'éducation physique, petit Wang; Sun Qiang, du comité d'éducation de la commune populaire; et Zhu Zongren, notre instituteur. La compétition commença avec la barre à un mètre cinquante. Wang Gaochao leva la main pour passer son tour, petit Wang aussi. Sun Qiang, qui était venu selon ses dires pour participer à la fête, se lança. Ancien éclaireur dans l'armée, on voyait à chacun de ses gestes qu'il avait suivi un entraînement rigoureux. Il ôta son pantalon et se mit en short et maillot de corps. Son maillot de corps était très mince, maillé comme un filet de pêche, mais on voyait clairement écrits dessus en rouge les mots « éclaireur militaire ». Pendant qu'il s'échauffait et s'étirait, les spectateurs le regardaient en discutant. Certains disaient qu'il pouvait casser une stèle d'un coup de tête, des briques à mains nues, qu'il pouvait abattre des oiseaux sans les voir, à l'oreille, qu'il était capable de s'emparer seul et sans arme d'un fusil ennemi. Le plus grand compliment qu'on pouvait faire à quelqu'un, chez nous, était de le traiter de « mauvais ». Par exemple, on disait : « Zhuang Zedong[1] est mauvais », cela voulait dire qu'il était plutôt terrible, formidable, cela ne voulait pas dire qu'il était méchant. Pendant qu'il s'étirait, nous évoquions le passé glorieux de Sun Qiang qui

1. Pongiste fameux dans les années 1960.

faisait de lui un « mauvais ». En s'échauffant, il avait l'air de piaffer comme un cheval, raclant son sabot dans le sable. Il s'élança depuis le côté et, telle une hirondelle, franchit la barre en ciseaux. Nous l'applaudîmes et poussâmes des cris d'admiration. Puis ce fut le tour de Zhu Zongren. Dès qu'il se mit en piste, tout le monde rit. Ce n'était pas un manque de respect, il était vraiment comique. Il ôta également son pantalon long et se mit en short et maillot de corps. Il avait les jambes maigres et noires, couvertes de poils du mollet aux cuisses. Nous lui trouvâmes un surnom : Queue de Cochon, parce que son nom Zhu se prononce comme cochon, et qu'il était poilu. Lorsqu'il était habillé, ses défauts ne se voyaient pas trop, mais une fois ôté le pantalon sa vraie nature apparaissait. Il était penché en avant à 45 degrés, il avait une grosse bosse sous la nuque, comme une pastèque. Pour regarder les gens il devait relever la tête, ce qui lui donnait l'air émouvant, de sorte qu'on avait de la peine pour lui. Nous pensions sans le dire qu'il valait mieux crever que de devenir bossu comme ça. Nous nous moquions de lui et il nous regarda, interloqué : « De quoi riez-vous ? Qu'est-ce qu'il y a de drôle ? » Quelqu'un dit : « Monsieur Zhu, laissez tomber, pas la peine de déshonorer l'école. » Il répondit en roulant des yeux derrière ses épaisses lunettes : « Ce qui distingue l'homme de l'animal, c'est que seul l'homme a conscience d'augmenter sa durée de vie par le sport. » Nous ne comprîmes pas ces paroles, mais Wang Gaochao comprit parfaitement. Il le regarda d'un air approbateur, en hochant la tête. M. Zhu lui répondit par un autre hochement et ils devinrent ainsi de vrais amis. Sinon pourquoi auraient-ils été tous deux étiquetés de droite ? Quand un droitier en rencontre un autre, c'est comme quand deux orangs-outangs se rencontrent, ils doivent se sentir particulièrement proches, non ? Nous qui n'étions pas droitiers, nous ne pouvions comprendre leur sentiment de complicité. Lorsque M. Zhu eut fini de rire, il s'échauffa et s'étira à son tour comme l'éclaireur militaire, et se prépara à sauter. Tout le monde le trouvait encore comique, il avait l'air d'un singe imitant l'homme. Tout en s'échauffant il recula. L'éclaireur avait sauté en prenant son élan depuis le côté, mais M. Zhu se mit face à la barre, à une dizaine de mètres. Quelqu'un lui cria de se mettre de côté. Le regard fixe, il demanda :

« Pourquoi ? Pourquoi irais-je me mettre sur le côté ?

– L'éclaireur a pris son élan de côté pour passer la barre, comment voulez-vous la passer de face ? »

Il ricana et répondit d'une phrase : « Attaque frontale ! » et ne s'occupa plus de nous. Puis il leva la main pour faire signe au juge Yu Dajiu, qui dit :

« Arrête de traîner, ne nous chie pas une pendule, ne retarde pas les autres. » Il répondit : « Espèces de chiens, vous n'avez que mépris à la bouche ! » Sur quoi il poussa un « taïaut » retentissant et fonça vers la barre. Lorsqu'il arriva devant, son ombre noire passa devant nous comme un éclair, et il se retrouva de l'autre côté, la tête plongeant vers la fosse de réception. Il tomba en poussant un coassement de grenouille. Il se releva, la figure pleine de sable, crachant, et ramassa ses lunettes. Nous nous demandions si nous n'avions pas rêvé en le voyant ainsi foncer devant la barre, marquer une pause imperceptible devant, puis rebondir comme un ballon pour franchir le mètre cinquante. Nous repassâmes en détail ses mouvements : il avait foncé vers la barre en criant : « Taïaut ! », s'était arrêté un instant devant et avait fait un demi-tour – d'abord il nous tournait le dos ; la preuve : sa bosse –, puis nous avions vu son visage – la preuve : ses lunettes délavées –, puis il avait rebondi comme une balle, son corps tordu s'était élevé, et enfin il était retombé, les jambes en l'air, dans la fosse. Sa bosse avait creusé un trou dans le sable, puis il s'était relevé, montrant son visage couvert de sable. Sur le coup nous n'avions pas pensé à la signification révolutionnaire dans l'histoire mondiale du saut en hauteur de l'exploit de M. Zhu. À l'époque, la technique la plus fréquente était celle du saut en ciseaux, comme celui qu'avait fait l'éclaireur militaire. La méthode la plus moderne était le saut en rouleau ventral, et quelques années plus tard Ni Zhiqin battit le record du monde avec cette technique[1]. Le droitier Wang Gaochao la maîtrisait, mais il n'était pas entraîné. M. Zhu était certainement le premier au monde à avoir sauté comme il l'avait fait, de dos. Wang Gaochao ne reconnut d'ailleurs pas la valeur scientifique de la méthode Zhu. Sur le moment, il eut l'air abasourdi comme nous. Il faut dire que n'importe qui l'eût été en voyant un estropié comme lui passer un mètre cinquante avec une technique bizarre. Mais Wang Gaochao admit plus tard qu'il avait eu un pincement au cœur sur le moment, et quelques années plus tard, lorsque la technique de Fosbury eut définitivement écarté celle du rouleau, lui qui était devenu entraîneur comprit soudain qu'il avait laissé passer une occasion d'accéder à la renommée mondiale et regretta amèrement sa lenteur de réaction. Cela étant, il fut le premier à applaudir et nous fîmes tous de même. Quelqu'un dit : « Lao Zhu, tu es bon ! » Il répondit : « C'est maintenant que tu t'en aperçois ! Écoutez-moi, bande de sales gosses, il ne faut pas se fier aux apparences ; on ne peut pas mesurer la mer avec un gobelet ! Le dicton a raison : si on n'a pas le ventre courbé, il ne faut pas

1. Ni Zhiqin aurait sauté 2,29 mètres en 1970 à Changsha (Hunan), mais ce record du monde n'a pas été homologué car la Chine n'était pas membre de la Fédération internationale d'athlétisme.

avaler de faucille ! » Puis la barre fut placée à un mètre soixante. L'éclaireur militaire fit trois essais, échoua et dit : « Ça va pas, j'ai juste ce niveau, j'arrête. » Petit Wang rata son premier essai et réussit le second, en ciseaux. M. Zhu s'approcha de la barre, au-dessus de sa tête maintenant, leva la main pour la toucher et dit : « Trop haut pour moi, je ne suis pas à la hauteur, c'est le cas de le dire ! Je ne suis qu'un dilettante. Voyons le camarade Wang à l'œuvre ! » Wang Gaochao recula de quelques pas et, presque sans élan, franchit le mètre soixante, en rouleau. M. Zhu applaudit à tout rompre, criant pour que tous l'entendent : « Très joli, très joli, on voit la différence entre les pros et les amateurs. » On monta la barre à un mètre soixante-dix, le petit Wang fut éliminé, Wang Gaochao repassa la barre avec une brève course d'élan. Il était déjà le champion du jour, mais il continua, il fit monter la barre à un mètre quatre-vingt-dix, aussi haut que le petit peuplier à côté du stade. Ciel, il va battre un record chez nous. Nous avions les yeux fixés sur lui. Cette fois il fut plus sérieux, prit une dizaine de mètres de recul, s'élança et passa la barre d'un coup, toujours en rouleau. Il la toucha, mais elle était posée sur des clous, elle ne tombait pas si facilement. Le portique trembla un peu, mais la barre resta en place. À un mètre quatre-vingt-dix, autant que le peuplier au bord du stade ! Tout le monde criait, sautait de joie. Celui qui bondissait le plus haut était M. Zhu, il n'était pas du tout jaloux. Il monta serrer la main à Wang Gaochao et lui dit, tout excité : « Bravo ! Bravo ! Tu as accompli un miracle ! » Un peu gêné, Wang Gaochao dit qu'il avait touché la barre, ça ne comptait pas. M. Zhu répondit : « Mais si, mais si, mais si, ça compte. Bien sûr que ça compte ! Ici nos conditions de vie sont reculées, le sol n'est pas plat, les appareils ne sont pas aux normes, la barre n'est pas tombée, alors ça compte. » Wang Gaochao lui dit : « Vous avez bien sauté aussi, votre technique est très intéressante. » M. Zhu répondit : « Vous êtes trop bon, camarade Wang. Nous sommes des fusils à plomb, vous êtes un Browning, on ne peut pas se comparer. Disons-le comme ceci : nous sommes des corbeaux qui battent frénétiquement des ailes, alors que vous êtes un phénix qui plane. C'est un bonheur et un honneur pour nous de participer à la même compétition que vous. » Après cette journée de rencontres sportives, notre instituteur nous fit faire une rédaction, et c'est alors que j'écrivis « Un saut en hauteur », dans lequel je parlai surtout de Wang Gaochao, racontant qu'il avait battu un record dans notre coin perdu, sans dire un mot du professeur Zhu. Quand j'y repense, je lui dois des excuses.

Avec la sollicitude affectueuse des autorités, les droitiers du camp, le personnel enseignant et administratif et les paysans moyen-pauvres unirent leurs efforts pour remettre le stade à neuf, avec de beaux gradins sur le côté et des équipements sportifs complets. Les sauteurs en hauteur n'avaient plus besoin de retomber dans du sable, il y avait un matelas à ressorts couvert d'une bâche verte pour les recevoir ; les pongistes n'avaient plus à jouer sur une table en béton à l'extérieur mais sur une table de bois à l'intérieur, faite de ce pin rouge de Daxing'an, peinte en vert foncé, avec des lignes blanches sur les bords et au milieu, pour bien marquer les limites. La peinture était éclatante. Le filet, en nylon avec des mailles vert foncé et une bande blanche sur le haut, était fixé à la table avec des vis. Selon petit Wang, Zhuang Zedong et Xu Yansheng, les deux grands champions du moment, jouaient sur une table identique, ce qui voulait dire que nous étions désormais au niveau international. Comme le ping-pong chinois était au premier rang mondial, le matériel chinois pour ce sport était aussi au plus haut niveau mondial. Pour nos compétitions nous utilisions les balles Double Bonheur rouge, qui coûtaient alors 24 fens, ce qui à nos yeux était extrêmement cher. Le petit Wang avait dit que c'était cette même marque de balles qui était utilisée dans les compétitions internationales, ce qui prouvait une fois de plus que nos rencontres sportives avaient atteint, dans certains domaines, les normes internationales.

Je ne peux pas passer sous silence la façon dont M. Zhu jouait au ping-pong. C'était un joueur accompli avec un style particulier, aucun professeur de notre école n'arrivait à le battre. Un jour, le champion du district vint chez nous pour un match de démonstration et, bien sûr, il n'y avait aucun adversaire à sa hauteur (le directeur n'avait pas autorisé M. Zhu à jouer). Ce champion faisait le malin tout en se plaignant sans arrêt : il trouvait notre eau trop salée, ou notre riz trop grossier, et, finalement, il dit que nos toilettes puaient. Furieux, notre bon directeur fulmina : « Mais pour qui il se prend, celui-là ? Il croit que les toilettes du district sentent la rose ? » En fait les toilettes de notre école étaient classiques, les briques des murs dataient des Ming, l'amandier qui s'y trouvait avait été planté à l'époque de la République[1], et même s'il n'était pas vieux, c'est l'ancien professeur M. Fan qui avait rapporté de la maison de Confucius, à Qufu, la semence d'un arbre planté par Confucius lui-même. Avec une telle ascendance, cet arbre avait une signification particulière. D'ailleurs ne dit-on pas « l'autel de l'amandier » pour désigner le métier de

1. 1911-1949.

professeur, en référence au lieu où Confucius enseignait ? Et puis M. Fan ne plantait jamais d'arbre, il n'avait planté que cet amandier ; il n'en plantait nulle part, mais il avait planté celui-là là même où se trouvaient autrefois les feuillées, aujourd'hui les toilettes de l'école. C'est dire s'il s'était donné du mal, et c'est dire la complexité de l'histoire de cet arbre ! Ce petit joueur de ping-pong, plus léger qu'une plume de queue de coq, qui était-il pour nous dire que nos toilettes empestaient ? Les professeurs en colère proposèrent de l'opposer à M. Zhu, histoire de lui rabattre un peu le caquet et de lui apprendre les bonnes manières. M. Zhu rappela que le directeur lui avait interdit de jouer. Les enseignants expliquèrent que la situation avait changé et allèrent trouver le directeur. Celui-ci leur dit :

« Ce n'est pas très convenable, n'est-ce pas ?

– Qu'est-ce qu'il y a d'inconvenant à cela ? se récrièrent les professeurs. C'est pour le plaisir, ce n'est pas pour de vrai, et puis si on laisse M. Zhu lui donner une leçon, c'est pour son bien, pour qu'il progresse, ce n'est pas simplement pour passer notre colère.

– Je ne veux pas le savoir, je m'en vais chez moi, disons que je n'ai rien vu », dit le directeur.

Et il s'en alla. Le champion local était déjà monté sur son vélo et allait partir avec sa suite. Le petit Wang les arrêta.

« Camarade champion, ne filez pas si vite, nous avons ici un joueur au style spécial, qui voudrait apprendre avec vous. » Le champion répondit dédaigneusement : « Un style spécial ? Il ne joue pas avec les pieds, quand même ? » Le petit Wang ne se laissa pas démonter : « Camarade champion, vous ne manquez pas d'humour. Si c'était le cas, ce ne serait pas un style spécial. » Tout le monde rit, le champion aussi. Petit Wang continua : « Je vous garantis que ce joueur curieux joue bien avec les mains. À l'origine il jouait de la main droite, et quand il a été catalogué de droite il s'est mis à jouer de la main gauche. » Le champion dit : « Ça existe, ça ? » Petit Wang demanda à M. Zhu de s'approcher et dit au champion : « C'est lui, c'est l'employé au nettoyage des toilettes, mais c'est aussi lui qui sonne les cloches et distribue les journaux. » Le champion dévisagea M. Zhu et ne put s'empêcher de rire. M. Zhu demanda :

« Champion, vous êtes prêt ?

– D'accord, répondit-il. Moi aussi je vais jouer de la main gauche, amusons-nous un peu. »

Tout le monde entra dans le bâtiment administratif. Le champion sortit sa raquette de son écrin, en essuya le manche avec un petit mouchoir et dit : « Commençons, il faut que je rentre ce soir, je dois encore jouer contre une sélection du Henan. » M. Zhu prit sur la table une vieille raquette dont le revêtement plastique était aussi fripé qu'une oreille de cochon marinée, et dit : « Commencez. » Le champion dit :

« Ce n'est pas un match officiel, servez donc en premier.

– Ce n'est pas possible, dit M. Zhu. Que le sort en décide, je ne veux pas être votre obligé.

– Alors dépêchons-nous », dit le champion avec impatience.

Bref, le tirage au sort fit que ce fut à M. Zhu de servir.

« C'était bien la peine, pour arriver au même résultat ! s'exclama le champion.

– Ah, mais ce n'est pas du tout pareil ! » dit M. Zhu.

Il avait bien sûr raison. Il s'approcha de la table, le haut de son corps était à peu près à la même hauteur, on ne voyait pas ses mains qui étaient sous la table. Le champion prit sa raquette dans la main gauche, de laquelle il ne jouait pas d'habitude, l'air impatient. Sans un mot de plus, M. Zhu servit. On eût dit que sa balle sortait de l'enfer, tant elle semblait vicieuse. À peine la raquette du champion l'eut-elle touchée qu'elle s'envola vers la charpente du toit, à sa grande surprise. M. Zhu dit :

« Si vous voulez, elle ne compte pas.

– Vous êtes fou ? »

Le champion s'ébroua et s'apprêta à recevoir la deuxième balle. Elle s'éleva une fois encore de l'enfer, portée par une mauvaise brise. Le champion fit un pas de côté et smasha – dans le filet. « Houla, c'est pas normal », lança le champion d'une voix étrange. M. Zhu eut un rire franc et dit : « Attention à la réception ! » La troisième balle fila comme un éclair en sifflant. Le champion ne la toucha même pas. Le rouge lui monta au front : un champion du district qui se faisait mettre trois balles de suite par un bossu, ce n'était pas acceptable. Si cela se savait, il perdrait la face. Mine de rien, il reprit sa raquette dans la main droite. M. Zhu fit une grimace, et le petit Wang, n'hésitant pas à humilier le champion, dit à voix haute : « Champion, vous changez de main ? » Il se mordit la lèvre mais ne moufta pas. M. Zhu cacha ses deux mains sous la table, fixa son regard sur le champion, qui commençait à devenir nerveux, le front perlé de sueur. Ce fut encore une balle rapide, mais le champion la récupéra, et M. Zhu la renvoya sur le bord de table, irrattrapable. Le champion secoua la tête, incrédule, en signe d'impuissance. La cinquième balle fut aussi insaisissable qu'une langue de cobra : il ne put la rattraper. Cinq à zéro. Je n'en dirai pas plus. M. Zhu, s'appuyant sur ses services imprévisibles et ses balles en bord de table, infligea une cuisante défaite au champion, trois sets à zéro. « Champion, dit M. Zhu, il ne faut pas concéder les points comme ça ! » Les lèvres blanches, le champion perdit contenance, lança sa raquette sur la table d'un geste rageur et dit : « Qu'est-ce que c'est que cette façon diabolique de jouer ? » M. Zhu sourit en disant : « Excusez-moi, je suis vraiment désolé. »

Quelques années plus tard, ces rencontres sportives du 1er mai de notre école de Dayanglan devinrent en fait la rencontre sportive de printemps du district. Le chef du comité révolutionnaire du district, le camarade Gao Feng, adorait le sport, aimait l'animation. Non seulement il venait immanquablement y assister, mais il invitait aussi les dirigeants des districts voisins à venir en groupe. Il fit même venir une fois son supérieur Qin Qiong, le chef du comité révolutionnaire de la préfecture, ce qui rehaussa le cachet de l'événement. Dès lors, les sportifs de la province furent d'avis que les médailles d'or de nos rencontres étaient de meilleur aloi que celles des compétitions organisées par la province. Ce genre de miracle ne pouvait arriver que pendant cette période particulière ; en fait, à l'époque, les gens étaient très ouverts, il n'y avait pas autant de règles et de formalisme. Personne n'attachait autant de poids au succès, les rencontres sportives étaient pour chacun une fête. Tout le monde y participait, tout le monde était content. Il n'y avait pas tant de fraudes, on ne faisait pas passer des sportifs de l'équipe nationale en retraite, payés à prix d'or, pour des paysans, ce qui donne un air factice aux rencontres sportives paysannes nationales. On ne buvait pas du sang de tortue, on ne se dopait pas. Les gens étaient alors mille fois plus simples et naturels que maintenant, ils n'avaient pas comme aujourd'hui des idées malsaines plein la tête. En ce temps-là, lors des compétitions sportives les participants apportaient leur manger, l'école faisait bouillir deux grandes marmites d'eau, les versait dans un grand bidon fermé par un couvercle de bois, pour empêcher la poussière d'y entrer. À côté de ce bidon était installée une grande table sur laquelle étaient disposés des bols grossiers, identiques à celui de la camarade Zhao Yiman[1]. Chacun pouvait aller à ce bidon boire un bol d'eau chaude, glou glou glou, on était tout de suite en nage, c'était super ! Même le camarade Qin Qiong venait là pour étancher sa soif, alors qu'aujourd'hui le secrétaire du parti du district ne boirait jamais dans la même auge que nous, paysans, même si on lui donnait un lingot d'or. Bon, bon, retournons tout de suite dans le passé. Ce passé n'est pas si lointain, cela fait juste une trentaine d'années.

---

1. Héroïne (1905-1936) de la guerre de résistance contre le Japon. Son bol, objet d'une histoire édifiante figurant dans de nombreux manuels scolaires, est exposé au Musée populaire de l'armée révolutionnaire à Pékin.

Le 1er mai 1968, le chef du comité révolutionnaire de la préfecture, Qin Qiong, vint à notre école de bon matin dans une Jeep verte, accompagné du chef du district, Gao Feng. Nous avions installé au centre des gradins tout neufs un haut-parleur, sur les bords des gerbes de fleurs, planté quelques drapeaux, des rouges, des jaunes, des verts, des roses, des abricot, des verdâtres. Mais pas de drapeau bleu ni de blanc, encore moins de noir. Il fallait bien à l'époque que nous soyons un peu formalistes, imaginez ! Qu'un cadre aussi élevé que le secrétaire du parti de la préfecture vienne jusque chez nous, dans l'école de notre trou de Dayanglan, il y avait de quoi exciter et émouvoir les pauvres diables que nous étions. Aussi nous étions-nous rassemblés sur le terrain de sport très tôt, chacun muni d'un drapeau confectionné par ses soins, pour accueillir dignement le camarade Qin Qiong. Pendant que nous l'attendions, la sœur cadette de Zhao Honghua, Zhao Luye, s'évanouit pour cause d'anémie, se faisant une grosse bosse au front en tombant. Les professeurs l'emmenèrent, mais elle revint à sa place peu après. Ils voulaient qu'elle rentre chez elle se reposer, mais elle tenait tant à ne pas rater cette occasion qu'elle éclata en sanglots et ils finirent par céder : « Bon, bon, ne pleure pas, tu peux rester. » D'où l'on peut voir que nous avions réellement du sentiment pour le camarade Qin Qiong. Aujourd'hui ce ne serait plus possible, ne parlons même pas d'un cadre de la préfecture. Même si c'était le président américain qu'on nous demandait d'aller accueillir, il n'est pas sûr que nous serions d'accord. Bon, la Jeep de M. Qin arriva.

Elle fit son entrée dans le stade de notre école avant neuf heures. Notre terrain de sport était impeccable, plat et propre, et pour arriver à ce résultat les droitiers et les paysans pauvres avaient beaucoup travaillé, de même que notre bande de garnements. Nous étions tous conscients de la valeur de ce stade, et donc chacun se sentait le devoir d'y travailler, avec un enthousiasme croissant. Nous avions récupéré du mâchefer dans tout le district, nous avions damé les pistes avec un rouleau compresseur, avec autant de joie que pour les semences de printemps. Nous étions même allés chercher ce sable transparent au fond de la rivière de Jiaohe pour en verser une couche sur le stade, le passer plusieurs fois de suite à la dameuse. Plus on en mettait, plus c'était beau. Notre stade étant rectangulaire, on y avait dessiné à la chaux une piste ovale, avec au milieu une aire de lancer de poids, de disque, de javelot, de grenades, de saut en hauteur et en longueur. Au début les deux épreuves se servaient du même bac à sable, mais désormais le saut en hauteur disposait d'un matelas. Nous avions répandu une couche de cendrée sur le terrain originel de basket de l'école, que nous avions aplanie au prix d'un travail considérable. Les paniers étaient tout neufs, en tubes de métal, et il y avait même un filet. Les paniers d'origine avaient été faits par mon père, ils étaient très simples, il avait juste accroché un cerceau de métal à un bout de bois, installé derrière une planche pour que la balle puisse rebondir, planche qui avait été ensuite volée. Il ne restait que les cercles de métal et deux poteaux de bois, sur lesquels des feuilles poussaient, ce qui était à la fois piquant et chic. C'est avec ces portiques que nous jouions au basket. Nous ne savions pas nous servir de la planche de fond : soit on ratait son coup, soit les paniers étaient mis directement, sans rebond, avec élégance. La compétition de ping-pong était la plus importante, parce qu'à l'époque c'était le sport le plus populaire en Chine, c'était la tendance. Les matchs de ping-pong devaient se dérouler dans le bâtiment administratif de notre école. Les bureaux du directeur et des enseignants avaient été mis dehors. Les encriers se renversaient et coulaient, semblant saigner. Les feuilles blanches volaient, comme si on distribuait des tracts révolutionnaires.

M. Qin et M. Gao se tenaient debout dans la Jeep, et nous criions : « Bienvenue ! Bienvenue ! » tout en agitant avec enthousiasme nos petits fanions. Une dizaine de jolies filles, des rubans de soie rouge à la taille, un fond de teint rouge au visage, chantaient devant nous en se trémoussant. Quatre garçons, les joues gonflées, s'époumonaient à jouer du clairon. Ils étaient débutants, ils ne savaient pas encore bien jouer, pouet pouet pouet, on aurait dit des bœufs. Cet accueil n'était pas comparable avec ce que l'on fait de nos jours mais, pour les conditions de l'époque, nous trouvions qu'il était déjà très solennel. Guidés par le directeur de l'école, M. Qin devant, M. Gao derrière, ils passèrent devant nous en agitant la main et se dirigèrent vers les tribunes. M. Qin était un petit gros, avec un visage tout rond et écarlate, telle une pomme rougie par le soleil. Je remarquai ses mains en particulier, petites et rouges, potelées, les doigts comme des carottes. Pas étonnant que mon père dise : « Les grandes mains ramassent du foin, les petites mains des trésors. » En regardant les mains de M. Qin, on voyait qu'il « tenait le tampon », qu'il y était destiné, qu'il ne servirait à rien de se mettre en colère, il fallait lui obéir. Quant à M. Gao qui le suivait, c'était un grand type, et comme il devait aligner son pas sur celui de M. Qin, il ne pouvait marcher à son allure normale, il n'arrivait pas à tenir un rythme naturel, il avait l'air de marcher comme un aveugle. Ils montèrent à la tribune, se mirent en place, et le directeur de l'école vint au micro pour déclarer l'ouverture de la rencontre sportive et donner la parole à M. Qin. Celui-ci ramena le micro à sa hauteur et commença à parler : « La révolution… » Crac : le haut-parleur émit un long sifflement, comme s'il refusait de le laisser parler. Que se passait-il ? M. Qin tapota le micro de la main, pa ! pa ! pa ! La tête du micro était enveloppée de soie rouge, ce qui lui donnait un air mystérieux et fragile. Le micro encaissa les coups, puis se remit docilement à marcher. M. Qin n'avait pas besoin de texte écrit pour prononcer un discours. Il parlait sans hésitation, comme un fleuve qui coule. Lorsqu'il eut terminé, le directeur donna la parole à M. Gao, qui dit quelques mots simples, puis ce fut le tour des délégués des sportifs. En ce temps-là, on ne faisait pas encore prêter serment aux athlètes et aux arbitres et juges, et les compétitions commencèrent tout de suite après. La graveuse de sceaux de l'école, Mme Wang Dongfeng, qui parlait le mandarin mieux que quiconque, avait été chargée des annonces. Elle étirait les mots en longueur, minaudant comme la speakerine de la radio du Kuomintang qu'on voyait dans les films, pédante : « La compétition du dix mille mètres messieurs va commencer dans un instant. Messieurs les concurrents, veuillez vous préparer (*répété trois fois*), le camarade arbitre Li Yutang (*elle écorchait la prononciation de son nom*) est prié de se présenter à la tribune où on le demande (*répété trois fois*).

3. Texte

La graveuse de sceaux Wang Dongfeng annonça à nouveau trois fois, de sa voix de speakerine, que le dix mille mètres messieurs, catégorie seniors, allait commencer. Lorsqu'elle eut terminé, l'intendant, Qian Mandun, qui était chargé de donner le départ, cria un puissant : « Hé ! » qui fit sursauter tout le monde. Puis il donna un coup de sifflet et demanda d'une voix forte : « Est-ce que les sportifs sont rassemblés ? » Les concurrents qui s'étiraient sur la ligne de départ s'immobilisèrent et, les yeux rivés sur lui, attendirent qu'il les compte. « Un, deux, trois, quatre, cinq, six, sept, huit, pas un de plus, pas un de moins, c'est le nombre exact. Bon, tenez-vous prêts pendant que je vous répète les points importants auxquels il faut faire attention pendant la course, dit-il. Il est interdit de quitter la piste, sauf circonstances particulières, comme un besoin pressant, auquel cas il faut obtenir l'accord du juge… »

Ce Qian Mandun était détesté à mort par les élèves de l'école élémentaire de Dayanglan. C'est lui qui avait proposé quelques années plus tôt de lancer le mouvement de ramassage de fiente de poulet. Il avait lu dans je ne sais quel journal que les déjections de poulet étaient riches en azote, phosphore, potassium et vitamines, plus divers minéraux, et qu'elles étaient par conséquent non seulement le meilleur des engrais au monde, mais aussi le meilleur aliment pour animaux. Il disait que si on en avait en quantité suffisante on pourrait en extraire de l'or, ou bien du radium, qui avait été découvert par la célèbre Française Mme Curie, et même de l'uranium pour faire une bombe atomique. Il ajoutait qu'à l'étranger on fabriquait un pain complet très nourrissant et très cher dans lequel était ajoutée de la quintessence de fiente de poulet. Devant de tels arguments, notre directeur d'école, fantoche et invertébré, avait donné l'ordre de lancer une campagne de collecte. M. Qian avait alors indiqué qu'il avait déjà pris contact avec l'élevage de porcs du district, lequel était preneur de toute la fiente que nous pourrions lui fournir. Lors de l'assemblée générale de l'école, le vieux Qian avait dit qu'ils avaient fait une expérience, et que les porcs aimaient autant la fiente de poulet que les élèves de l'école primaire aimaient les raviolis. Pour chaque livre de fiente ingérée, les cochons engraissaient d'une demi-livre : collecter une livre de fiente revenait donc à produire pour le pays une demi-livre de viande de porc. En outre, les excréments des porcs pouvaient servir à nourrir les poulets, dont la fiente nourrissait les porcs en retour, cela faisait un cycle sans fin, le Grand Cycle de la merde de poulet et de porc.

Le directeur de l'école avait assigné un objectif à chaque classe, dans laquelle fut désigné un responsable. Ce responsable répartit la tâche entre les équipes, qui fixèrent celle de chaque élève. Je faisais alors partie de la quatrième équipe de la classe numéro 2 du cours élémentaire, et l'objectif qui me fut assigné était de ramasser en un mois trente livres de fiente. Cela faisait en moyenne une livre par jour, ce qui n'avait pas l'air si terrible, mais quand il fallut passer à l'acte, je trouvai que c'était très dur. Si j'avais été le seul de l'école à en ramasser, j'aurais fait mes cinq livres par jour sans peine. Le problème était que les quelques centaines d'élèves de l'école s'y mettaient tous, les professeurs aussi, et le nombre de poulets dans le village étant limité, où pouvions-nous trouver autant de fiente ? Quelqu'un suggéra d'aller en chercher dans les villages voisins. Mais notre école était l'établissement commun à ces villages. Comme les élèves se battaient pour de la fiente de poulet, une rumeur apparut immédiatement, selon laquelle l'État achetait cette fiente pour l'exporter, une livre de fiente pouvait être échangée contre dix livres de riz, et du coup tout le monde se mit à en ramasser. M. Zhu avait dessiné une fourche et un seau spécialement pour cet usage, nous laissant le soin de les fabriquer ; si nous n'y arrivions pas, nous n'aurions qu'à demander à nos parents. Pendant un temps on vit donc souvent, dans la dizaine de villages des environs, des élèves armés d'une fourche et d'un seau. Ceux qui élevaient des poulets en récupéraient naturellement toute la fiente. Nous pourchassions les poulets qui ne chiaient pas, qui s'enfuyaient en piaillant jusque dans les arbres et, lorsque l'un d'eux se mettait enfin à chier, gracieusement, on pouvait être sûr qu'un essaim d'écoliers se ruait dessus. Il y avait souvent des bagarres violentes pour une fiente, il y eut parfois des blessés à la tête.

Au début nous utilisions les outils conçus par M. Zhu, ramassant gentiment la fiente avec les fourches et seaux fabriqués par nos parents, mais après, on la ramassait à la main, c'était le seul moyen pour ramasser avant les autres une fiente fraîche. Le plus détestable pendant cette période, c'est que les poulets faisaient tous une fiente jaunâtre puante et collante, comme s'ils voulaient nous emmerder exprès. J'en injuriai les poulets à mort, ma mère me dit : « Tu as le front d'engueuler les poulets, mais pourquoi ont-ils la courante ? C'est votre faute à vous, bande de garnements ! Nos deux vieilles poules avaient l'habitude de pondre un œuf par jour, mais depuis la campagne de ramassage de fiente, elles ne pondent plus, elles font que chier. » Les femmes du village qui élevaient des poules mouraient d'envie d'écorcher vif le père Qian.

Il était en fait impossible d'atteindre les objectifs fixés par l'école et du coup nous nous faisions gronder. Pour y échapper, il fallait trouver une méthode pour falsifier les résultats, par exemple mélanger à la fiente de poulet des crottes de chien. Ce que nous faisions, mais le père Qian nous découvrait chaque fois. Il avait une balance, et devant la porte du bureau du directeur, le visage impassible, le regard sévère, il nous attendait, pareil à ces images de propriétaires fonciers percevant leur loyer que nous avions vues dans une exposition éducative sur la lutte des classes. Nous arrivions avec nos seaux de fiente et faisions la queue pour la pesée. La plupart d'entre nous avaient les genoux qui tremblaient.

Ce jour-là, il prit mon seau, me lança un regard noir et demanda :

« Tu y as mélangé des crottes de chien ?

– Non… non. »

Il me regarda d'un air méprisant : « Tu n'as rien mélangé ? » Il porta le seau à son nez et sentit. « Tu oses mentir ! » Il appela mon professeur principal : « Monsieur Zhang ! » Lequel accourut précipitamment en hochant la tête. « Dans ce seau, il y a deux tiers de crottes de chien ! » Et il jeta mon seau devant lui. Mon professeur me pinça méchamment l'oreille, me tira hors du groupe et me mit au piquet devant les fenêtres du directeur pour toute la matinée. M. Qian me désigna à tous et laissa éclater sa colère : « Regardez-le ! Tricher à cet âge ! Mentir à ses professeurs ! C'est un mauvais élément, quand il sera grand je ne sais pas jusqu'où il ira ! » Je baissai honteusement ma tête mal faite, le menton dans la poitrine, mes larmes coulant sur mes pieds. « Ça ne sert à rien de pleurer ! » Par la suite, il en attrapa plusieurs dizaines qui avaient coupé leur fiente de poulet et les mit au piquet avec moi, ce qui me soulagea considérablement. Et encore je n'avais mélangé que des crottes de chien, tandis que Fang Xuejun avait mis des gravillons, lui. Fang Xuejun était d'une famille de paysans pauvres qui comprenait également des héros de guerre. Aussi Qian Mandun n'osa-t-il pas le toucher, il se contenta de le mettre au piquet. Mettre au piquet Fang Xuejun, une jeune pousse aux racines rouges[1], dont l'oncle était mort pendant la guerre de Corée, dont le père était le chef des paysans

1. Expression en vigueur pendant la Révolution culturelle désignant des jeunes avec une « bonne origine sociale », nés après la Libération et donc n'ayant pas subi l'influence de la « vieille société ».

pauvres du village, dont le frère était fusilier marin ? « Vous me mettez au piquet ? » Il jeta avec hargne son seau de fiente à la fenêtre du directeur et déversa un torrent d'injures : « Qian Mandun, je nique ta mère et ses ancêtres ! Je vais rapporter ton cas aux autorités centrales ! » Ce dernier blêmit et resta longtemps pâle. Lorsqu'il eut recouvré ses couleurs, nous avions tous jeté nos seaux et nous nous étions enfuis avec Fang Xuejun. En ramassant chaque jour de la fiente, qu'est-ce qu'on apprenait, finalement ? L'art de la guerre ! Ce fut notre conclusion. Grâce à l'acte révolutionnaire de Fang Xuejun, la campagne de ramassage de fiente de poulet du père Qian se termina lamentablement. Il ne resta qu'un tas de fiente devant le bureau du directeur. Les beaux jours arrivèrent, ce tas de merde se mit à empester plus encore que la bouse de vache, attirant des nuées de mouches. Le directeur demanda à M. Qian de reprendre contact avec l'élevage de porcs et de vendre rapidement ce tas de fiente, le prix initial étant deux maos la livre, il y en avait pour pas mal d'argent. Mais les responsables de la ferme de porcs dirent qu'ils n'avaient jamais entendu parler des vertus nourricières de la fiente de poulet pour les cochons. Le père Qian devint la cible de l'opprobre général. Plus tard, le village répandit la fiente dans les champs comme engrais. Mais le père Qian ne voulait pas reconnaître qu'il avait eu tort. Il dit que, même si on ne pouvait nourrir les porcs avec de la fiente de poulet, on pouvait parfaitement s'en servir pour élever des vers de terre, qui pouvaient à leur tour servir dans des médicaments traditionnels ou des aliments à haute teneur en protéines, et qu'il était vraiment dommage de l'utiliser comme engrais dans les champs.

Le père Qian portait un pantalon d'ouvrier bleu si délavé qu'il en était presque blanc, une veste avec à la poitrine une poche garnie de trois stylos. Il avait un sifflet de métal pendu au cou, à la main un pistolet pour donner le départ et gardait les yeux rivés sur sa montre de poignet Titoni, de fabrication suisse, qui donnait aussi les dates. À cette époque, une telle montre était exceptionnelle, plus chère que le prix de vente de toutes les vaches du village. Elle appartenait au droitier joueur de ping-pong Tang Guohua, un Chinois d'outre-mer revenu au pays ; elle lui avait été offerte par son oncle, roi du caoutchouc en Indonésie. Le fait qu'il puisse la prêter sans contrepartie pour la rencontre sportive montrait qu'il avait une conscience idéologique assez élevée, ce n'est pas quelque chose qu'un homme ordinaire pourrait faire. Le père Qian leva le bras d'un mouvement exagéré, à cause du poids et de la valeur de la montre son bras semblait tout raide. Il fixait du regard la trotteuse à pointe rouge, l'air si sérieux que personne n'osait respirer. À deux minutes de l'heure prévue du départ, il cria d'une voix sonore : « À vos marques, prêts ? Partez ! » Deux coups de pistolet, duquel s'échappa une fumée pâlotte, les trois chronométreurs appuyèrent ensemble sur le déclencheur, et la course commença.

Avant le coup de pistolet, les huit concurrents se tenaient sur la ligne de départ tracée à la chaux, penchés en avant. Comme c'était un dix mille mètres, ce n'était pas important si on était un peu lent au départ, et donc les coureurs n'avaient pas levé le derrière en l'air ni mis les deux mains par terre, dans l'attitude d'une flèche dans la corde de l'arc. Pour ce qui est de l'angle selon lequel ils étaient penchés en avant, il faut dire que M. Zhu était le plus penché, bien involontairement, il était naturellement courbé, j'ai déjà parlé plus haut de cette particularité, je n'en rajouterai donc pas ici. Quand le vieux Qian donna le départ, les coureurs se lancèrent comme un essaim d'abeilles. Au tout début, ils faisaient de grands pas, impétueux et brusques. Après quelques dizaines de mètres, leur foulée diminua. Ils avaient l'air d'une meute ou d'un troupeau de petits animaux frileux et apeurés, se pressant au milieu de la piste apparemment exprès mais en fait inconsciemment, comme s'ils se regroupaient pour se sentir en sécurité. Ils couraient avec prudence, l'air de tâter le terrain, leurs mouvements manquaient de grâce et de coordination. On eût dit que les articulations de leurs genoux étaient rouillées, et qu'ils avaient le vertige. En tête courait le droitier qui avait rabattu les lapins pour le lanceur de javelot, le coureur Li Tie. Il portait un maillot violet, un short bleu foncé et des baskets Huili blanches aux pieds. Au dos de son maillot était agrafé un carré de tissu blanc, sur lequel était inscrit le numéro 235, et jusqu'à aujourd'hui je n'ai jamais compris d'où sortait ce nombre ni à quoi il correspondait. Le coureur qui était immédiatement derrière lui était le professeur d'éducation physique de l'école numéro 1 du district, Chen Yao, un jeune homme qui avait et faisait une tête de chameau, diplômé disait-on de l'école normale, section sport – un expert en la matière, par conséquent. Ensuite, c'était petit Wang, professeur de notre école, suivi par un type noiraud à la carrure de haut fourneau, dont j'avais entendu dire qu'il était un cadre militaire du district, mais dont je n'ai jamais su le nom, qui portait le numéro 321.

Derrière le 321 courait un concurrent qu'il faut présenter. C'était le cuisinier du réfectoire de notre commune populaire, qui devait avoir quarante ans, peut-être plus. Il s'appelait Zhang Jiaju et était célèbre dans la commune. On disait qu'il avait été, avant la Libération, tireur de pousse-pousse à Pékin, en quelque sorte un frère du héros de Lao She, Xiangzi le

Chameau[1], et qu'il connaissait naturellement sa femme Hu Niu. Il pouvait marcher sur les mains, il avait une tête rectangulaire de sauterelle, le cou aussi épais que le crâne, une cicatrice au front : petit, il avait été mordu par un âne. Bien qu'il courût les mains vides, il avait irrésistiblement l'air de tirer un pousse-pousse. Je ne présenterai pas les autres coureurs.

Le dernier du groupe était notre professeur Zhu, le héros de notre histoire, je vais donc le présenter plus en détail. Je ne parlerai pas de son physique ; il portait le numéro 888. À cette époque on n'avait pas encore assimilé le chiffre 8 à l'idée d'enrichissement[2], le numéro 888 n'avait aucune signification particulière. Il était à trois ou quatre mètres du coureur qui le précédait, donnant un coup de tête en avant à chaque pas, à la manière d'une oie. Cela nous mettait mal à l'aise de le voir courir comme ça, il nous faisait pitié, comme s'il n'avait pas été volontaire mais qu'on lui avait imposé cette épreuve – ce qui n'était bien sûr pas le cas. Le comité d'organisation de la rencontre sportive

1. Lao She, *Le Tireur de pousse-pousse*, Arles, Picquier, 1995.

2. C'est dans les dialectes méridionaux que le chiffre 8 (ba) se prononce (presque) comme le caractère « prendre son essor, s'épanouir » (fa), employé dans la locution « s'enrichir », qui fait partie des vœux de nouvel an, à Hong Kong notamment. De là vient le côté « propice » de ce chiffre, notion répandue en Chine du Nord dans les années 1990.

ne voulait pas qu'il courût, le directeur de l'école avait tenté avec tact de le dissuader, lui disant qu'il était trop âgé, qu'il pouvait être par exemple chronométreur, mais il avait exigé de participer. En fait, le directeur avait peur qu'il ne nuise à l'image de l'école, que l'on ne dise qu'elle avait aligné un bossu, ce qui l'avait fort mécontenté, et il avait porté l'affaire au niveau de Gao Feng, qui avait dit : « Tout le peuple fait du sport. Si ses résultats sont suffisants, chacun peut participer, bossu ou pas. Un unijambiste a bien brisé le record du monde, cela démontre la force de volonté du peuple chinois ! » Et donc Zhu Zongren fut inscrit. Il courait devant nous, un coup de tête à chaque pas, et nous l'encouragions : « Plus vite ! » Et il disait : « Les petits, ce n'est pas encore le moment d'accélérer. » Il passait devant nous en souriant, le numéro 888 sur sa bosse avait l'air d'un fanion, c'était marrant, très visible, il se distinguait du groupe.

La compétition de saut en hauteur se déroulait au bord du stade. Jiao Ting avait déjà franchi un mètre quatre-vingts et il était certain qu'il remporterait la médaille cette fois encore. Au centre se déroulait l'épreuve de javelot. Les javelots se succédaient en l'air en frétillant de la queue, et nous étions inquiets, craignant que les lanceurs ne prissent les coureurs de fond pour des lapins de garenne. On avait entendu dire qu'à Milan, en Italie, un chronométreur avait traversé le stade en pleine compétition. Soudain il avait entendu un long sifflement particulier et bizarre, et un javelot venu de la direction du soleil s'était planté tout net dans son dos. Il avait titubé puis s'était couché à terre, le javelot vibrant encore dans son dos.

Le public était composé, mis à part les élèves et la plupart des droitiers du camp, des gens du village, dont mon père, mon oncle et mon frère. Il y avait aussi des gens des villages voisins, mais pas beaucoup. Notre village avait l'avantage d'être particulièrement bien situé. Vers le 1er mai, les pêchers étaient en fleur, la sève montait dans les blés ; la brise du printemps avait emmené la chaleur, mais comme il avait un peu plu la veille l'air était frais, le sol sans poussière, c'était parfait pour des rencontres sportives. Les chronométreurs discutaient : « Si cette fois il n'y a pas de records, ce ne sera pas la faute du temps. » Le public bavardait aussi en regardant les sportifs, essayant de deviner qui remporterait le dix mille mètres. Certains pariaient sur Li Tie, d'autres sur Zhang Jiaju. Il n'y avait que notre groupe d'écoliers qui aimait M. Zhu pour espérer qu'il remporterait la médaille d'or. Un mauvais gars du village, Sang Lin, nous jeta un regard méprisant et déclara : « Ne rêvez pas, les vermisseaux fanas de Queue de Cochon. » Nous unîmes nos voix pour l'insulter : « Sang Lin, on t'emmerde ! »

Ce Sang Lin se vantait d'avoir appris avec un maître de kung-fu les techniques de boxe Si Tong et Sao Tang Tui[1], et il cherchait noise à n'importe qui, pour un oui pour un non, il terrorisait tout le monde, c'était une plaie. Même les chefs du village étaient bien obligés de le laisser un peu faire.

Près des toilettes en plein air de notre école se trouvait un amandier, très grand, avec un tronc énorme, qui avait été personnellement planté par M. Fan, le professeur dont j'ai déjà parlé plus haut. Bien qu'il fût à l'endroit le plus malodorant du village, ses fruits étaient particulièrement sucrés. Au printemps les amandes n'étaient pas plus grandes qu'un ongle, mais Sang Lin se mit en tête, un jour, de les cueillir pour les manger. Le professeur de gymnastique petit Wang voulut l'en empêcher et se prit un coup de poing dans le ventre qui l'envoya valser à trois pas, le cul par terre, crachant sa bile. Sang Lin brandit ses poings et dit : « Moi, mes poings peuvent tuer le tigre des montagnes du Sud, mes pieds le dragon de la mer du Nord ! Que ceux qui ne le croient pas viennent s'y frotter ! » M. Zhu s'avança, les poings serrés, fit une petite révérence et dit : « Maître, nous te craignons,

1. Boxe Si Tong : technique traditionnelle rare du Shandong. Sao Tang Tui : technique du fauchage des jambes.

nous te respectons, mais il faut être un peu raisonnable. Un homme qui n'est pas raisonnable n'en est pas un. » Sang Lin dit : « Toi, l'homme à la casserole dans le dos, la queue de cochon, explique-moi ce que tu veux dire par "raisonnable". » M. Zhu répondit : « Ces amandes sont encore toutes petites, c'est trop tôt pour les manger. C'est du gaspillage de les cueillir maintenant. » Sang Lin dit : « Et moi, j'aime les amandes ! »

Zhu répondit :

« Tu n'es pas une femme enceinte, pour avoir envie d'amandes amères ?

– Moi j'aime les amandes amères, ça te gêne ? »

Zhu dit : « Tu es un maître en arts martiaux, qui peut s'opposer à toi ? » Sang Lin, content de lui, dit : « Je vois que tu as tout compris, c'est bien. » M. Zhu le regarda en pâlissant, l'air pitoyable. Mais soudain tout bascula : notre professeur, d'un mouvement plus rapide que l'éclair, donna un vigoureux coup de boule dans le ventre de Sang Lin. Celui-ci n'eut pas le temps de parer et fit un vol plané. Il atterrit dans les toilettes en plein air que nous étions trois cents élèves à utiliser. Plus tard, Sang Lin, ne s'avouant pas vaincu, revint devant l'école et gueula : « Oh, le bossu, sors si t'es un homme, bordel ! Tu m'as attaqué en traître, ça ne compte pas ! Aujourd'hui je vais te régler ton compte, quoi qu'il arrive ! » M. Zhu sortit et dit :

« Sang Lin, ne nous battons pas ici – cela dérangerait les classes – ni maintenant – j'ai cours. Retrouvons-nous ce soir sur l'aire de battage de la commune pour régler ça entre hommes, d'accord ?

– Bon, bon, dit Sang Lin. Parfait ! Je suis un homme, je serai là, mais si tu ne viens pas, tu es une tortue ! »

Ce soir-là, c'était la pleine lune, l'aire de battage était éclairée comme en plein jour. Je levais ma main et j'en voyais les lignes. On aurait très bien pu lire et écrire, peindre ou broder. Il n'y avait pas beaucoup d'activités culturelles au village, et lorsque l'on sut que M. Zhu avait défié le petit caïd Sang Lin, tout le monde vint voir le spectacle. Nous étions bien sûr fermement du côté de M. Zhu, nous espérions qu'il gagnerait, qu'il mettrait ce petit caïd à terre et que ce dernier ne s'en relèverait pas. La majorité des villageois était aussi du côté de M. Zhu, espérant qu'il le battrait à mort ou sinon que Sang Lin en sortirait handicapé, que le village serait débarrassé de ce fléau. Comme Qin Hui[1], Sang Lin était flanqué de trois acolytes, le plus inimaginable étant que l'un d'eux était mon second frère aîné, c'était l'un de ses chiens errants. M. Zhu était arrivé en avance, Sang Lin était

1. Qin Hui (1090-1155), méchant personnage de l'histoire chinoise, traître et fourbe.

en retard. Nous avions peur pour M. Zhu, mais il n'avait pas l'air inquiet, bavardant au sujet de la lune avec les vieux du village. Il expliquait que sur la lune il n'y avait ni eau ni air, et que donc il n'y avait pas de Chang'e ni de Wu Gang[1]. Les vieux disaient : « Qu'est-ce que tu en sais, personne n'est allé voir. » M. Zhu dit : « Dans pas longtemps des hommes iront », et les vieux éclatèrent de rire.

« Monsieur Zhu, vous divaguez. Est-ce que c'est parce que vous avez peur de Sang Lin ?

– Peut-être, dit M. Zhu, il n'est pas encore arrivé, et s'il tarde je vais rentrer chez moi. »

Mais personne ne voulait qu'il rentre. Cela faisait longtemps qu'il n'y avait pas eu une telle animation, on n'allait pas laisser passer une telle occasion. Je savais que ces types étaient allés au camp de Jiaohe piquer des pastèques, je les avais entendus au crépuscule sous les acacias au bord de l'eau murmurer qu'il fallait d'abord se « recharger le ventre » pour « entretenir la mécanique », pour se donner des forces avant le combat avec le père Zhu. Ils avaient leur propre argot : au lieu de dire « manger », ils disaient « se recharger le ventre », ou « entretenir la mécanique ».

1. Chang'e : fée de la lune de la mythologie chinoise. Wu Gang : héros mythologique relégué sur la lune pour le meurtre de l'amant de sa femme.

Ils appelaient les tomates « tarlettres » (« tôt maths » renversé en « tard lettres »), ou prononçaient les pastèques « pistaques ». Quelqu'un dit : « Qu'on aille vite chercher Sang Lin, le père Zhu s'impatiente. S'il ne vient pas, il sera considéré comme perdant. » À ce moment-là quelqu'un cria : « Le voilà ! » Et en effet il arriva, flanqué de mon frère, de Nie Yutou et du Tuberculeux, légèrement en retrait. Ils étaient connus comme les quatre pestes du village, et s'ils n'allaient pas jusqu'à tuer ou incendier, ils volaient souvent poules et chiens. Une année, pendant l'hiver, nos deux grandes oies blanches disparurent de la ferme, je les avais cherchées partout avec ma sœur, sans succès. Pendant que nous les cherchions, mon frère (le second) se tenait dans un coin du mur en ricanant. Je dis à mon père : « Papa, c'est difficile de lutter contre les voleurs qui sont de la maison. Je crois que nos oies ont été prises pour que les quatre pestes "entretiennent leur mécanique" » Mon père avait ligoté mon frère avec une corde de chanvre, s'était armé d'un pique-feu rougeoyant et l'avait forcé à confesser son forfait. Il n'avait pas tenu très longtemps et avait fini par avouer que les oies leur avaient bien servi à « entretenir la mécanique ». Mon père avait gueulé :

« Salopard, tu ne peux même pas laisser tranquilles les oies de ta propre famille !

– C'est ce qu'on appelle la générosité », avait répondu mon frère.

Ils arrivèrent donc, chacun une demi-« pistaque » à la main, mangeant en marchant. Parvenant à l'aire de battage, Sang Lin donna quelques coups de dents dans le fruit et jeta avec vigueur la croûte au loin. Les trois acolytes l'imitèrent aussitôt. Il ôta sa veste et la lança en l'air tandis que mon larbin de frère s'empressait de l'intercepter. Sang Lin serra sa ceinture d'un cran, de sorte que son ventre ressortait, comme une femme grosse d'un lardon. Burp. Sang Lin lâcha un rot et dit : « Queue de Cochon, je pensais pas que tu viendrais. » M. Zhu rétorqua : « Sang Lin, tu as dit à ta mère ce que tu allais faire, ce soir ? » Sang Lin écarquilla des yeux gros comme des roustons de veau et dit : « Qu'est-ce que tu veux que je lui dise ? » M. Zhu répondit : « Tu es fils unique, ton père est mort jeune. S'il t'arrive malheur, qui prendra soin d'elle ? » Sang Lin dit : « Vieux salopard, tu as préparé ton cercueil ? » Et les trois acolytes répétèrent : « Vieux salopard, tu as préparé ton cercueil ? » M. Zhu dit :

« On se bat avec armes ou sans armes ?

– Comme tu veux ! »

Les trois pestes renchérirent : « Comme tu veux ! » M. Zhu dit : « Alors, sans armes ! » Sang Lin : « Sans armes, d'accord ! » Et les trois acolytes : « Sans armes, d'accord ! » M. Zhu s'approcha des poteaux où l'on attachait les chevaux et dit : « Regardez, les gars ! » Et il visa un poteau, donna un coup de tête : le poteau était cassé en deux. Il désigna un autre poteau et dit : « Les gars, à vous ! » Sang Lin s'approcha, regarda de près le poteau d'acacia, hésita un instant, émit un gloussement et tomba à genoux en criant : « Maître, acceptez-moi comme disciple ! » M. Zhu dit :

« Lève-toi, lève-toi, qu'est-ce que tu fais ?

– Je vous fais allégeance, ce n'est pas assez ? »

M. Zhu dit : « Petit, tu sais comment la grande cloche du temple s'est fendue ? C'est moi qui l'ai fait d'un coup de tête. Alors si ta tête est plus dure que cette cloche, continue à faire régner la terreur dans le village. Sinon, tiens-toi bien désormais. » Sang Lin, à genoux, frappait le sol de son front, sans s'arrêter, en répétant : « Maître, pardonnez-moi. Maître, pardonnez-moi. » Les trois pestes s'agenouillèrent aussi, et implorèrent le pardon. Avec cette histoire, M. Zhu avait gagné un surnom de plus : Tête de Fer.

Le haut-parleur de la tribune se mit à diffuser une marche au rythme clair, et la foulée des coureurs parut plus légère et naturelle. « C'est vrai, ça, ils auraient dû mettre de la musique plus tôt », dirent les droitiers mécontents debout près de nous. Jiang Guiying la chanteuse, vêtue d'un ensemble de printemps abricot, et Chen Bailing, la tête couverte d'un foulard de tulle rose, encourageaient Li Tie : « Allez, Li, accélère ! Allez, Tie, plus vite ! » Et Li Tie levait la main droite, faisant en direction des deux belles un léger geste comme pour attraper quelque chose, je ne sais pas ce que ça voulait dire. Le tireur de pousse-pousse n'avait pas de supporters, et il n'en avait pas besoin, un foutu tireur de pousse-pousse comme lui, qu'en aurait-il fait ? Il n'en avait aucun besoin et il courait encore comme au premier tour, le regard éteint fixé droit devant lui, les bras légèrement écartés du corps, les mains serrées, comme s'il tenait les bras de son pousse-pousse. Il devait songer au bon vieux temps où il sillonnait les rues de Pékin, courant avec Xiangzi le chameau, se chamaillant avec sa femme Hu Niu, où il mangeait des pains farcis au sésame, buvait un bol de gelée de tofu, où il allait aux bains publics, ou faire un tour dans les maisons closes… Peut-être entendait-il des klaxons, ou des coups de sifflet, peut-être était-ce la patrouille de police qui faisait une descente – en fait, c'était un joueur de basket qui avait commis une faute.

M. Zhu repassa devant nous. Il était encore en dernière position, il ressemblait toujours à nos oies, donnant un coup de tête en avant à chaque foulée, faisant de grandes enjambées, très souple, on eût dit qu'il avait monté des ressorts à chaque articulation. Il avait le visage couvert d'une fine couche de sueur, sa respiration était très régulière. Nous l'encourageâmes, il nous fit un sourire. Il avait l'air satisfait de fermer la marche. Il allait à son allure, il contrôlait son rythme, et que ceux de devant courent comme des renards ou des lapins lui était indifférent.

Clac ! Le son d'un coup de fouet, une charrette à cheval remplie de fumier passa sur le chemin de terre qui longeait le stade, attirant les regards, et Wang Ganba, qui la conduisait, s'arrêta, rangea son fouet, se glissa dans la foule et se planta entre les deux belles Jiang Guiying et Chen Bailing. Il se tourna vers la gauche et regarda Jiang Guiying, qui s'essuya délicatement la bouche et l'ignora ; il se tourna vers la droite et regarda Chen Bailing, qui roula des yeux et l'ignora. Il ricana en exhibant sans vergogne une rangée de dents jaunies : « Hé hé, hé hé. » C'était sa façon habituelle de rire, on le surnommait Héhé, et on l'appelait plus souvent comme ça que par son nom. Il renifla les odeurs, comme un étalon en chaleur. Que sentait-il ? Dans l'air clair de ce matin de mai flottait le parfum enivrant des deux belles Jiang Guiying et Chen Bailing. C'était un mélange de savon parfumé et de sciène, l'odeur de femmes cultivées, cela sentait très bon. Les deux chevaux de sa charrette, faisant preuve d'un bel esprit de solidarité, se mordillaient mutuellement le cul qui les démangeait ; Héhé regarda à nouveau sans la moindre vergogne les deux belles à sa droite et à sa gauche, lesquelles l'ignoraient ostensiblement, puis il sortit de sa ceinture une patate douce et, crac, la coupa en deux. Un suc blanc coulait de la chair rose.

« Hé hé, camarade Jiang, prenez un peu de patate douce, elle a passé un hiver, y a plus d'amidon, elle est plus sucrée qu'une poire.

– Merci, je ne mange pas de choses froides.

– Camarade Chen, prenez un peu de patate douce, elle a passé l'hiver, elle est plus croquante qu'une poire, elle calme les ardeurs[1]. »

Baissant d'un ton sa voix rauque, il ajouta : « C'est un reliquat de la brigade de production, une nouvelle sorte appelée 5245, c'est le droitier Ma Zigong de l'université agricole qui l'a élaborée, j'en ai piqué une. Si je m'étais fait prendre, c'était la parade publique assurée, pancarte au cou. » La camarade Chen secoua la tête, ne prenant même pas la peine de lui adresser la parole. À la place de Héhé, j'aurais rougi jusqu'aux oreilles et je me serais éclipsé l'air penaud, mais il était évident que ce type n'avait aucune vergogne, ni le

1. Les aliments en Chine sont classés en deux catégories selon leur nature nutritionnelle, « chaude » et « froide » – distincte de la température. La patate douce est « froide », c'est pourquoi Jiang Guiying n'en veut pas, et Héhé vante ses vertus « réfrigérantes » à Chen Bailing.

moindre amour-propre, puisqu'il ajouta : « Si vous n'en voulez pas, je la mange. Refuser un truc aussi bon, pas étonnant que vous soyez droitières. Vous faites semblant de vous rapprocher de nous, paysans moyen-pauvres, mais une grande muraille nous sépare ! Vous êtes vraiment comme des chiennes de luxe qui se promènent en palanquin, vous n'avez aucune reconnaissance. Jiang Guiying, je voulais te demander, il paraît que tu as dormi avec plus de mille hommes ? Il paraît que pour un baiser à travers une vitre avec un capitaliste tu gagnais dix lingots d'or ? C'est vrai, ça ? Je te pose la question ! » Le petit visage blanc de Jiang Guiying rosit, prenant la couleur de la chair de la patate douce modèle 5245. Elle grimaçait, paraissant au bord des larmes, mais elle ne pleura pas. « Vous les chanteuses, vous êtes à tout le monde ! » Il fourra dans sa bouche la moitié de patate douce qu'il tenait dans sa main gauche, en mordit une bouchée et se mit à mâcher laborieusement, les joues gonflées. « Vaurien ! dit Jiang Guiying, Dépravé ! » Et elle se mit à pleurer. « Et toi, Chen Bailing ! Il y a quatre types de femelles en chaleur ! La chatte qui miaule, la femme qui ricane, l'ânesse qui brait, la chienne qui court dans tous les sens et se casse une patte ! Et toi, toujours en chaleur, tu es comme une chienne en chaleur ! Tout le monde connaît ton histoire avec Ding Si (le responsable de l'élevage des ovins, chercheur du département d'élevage de l'Institut d'agronomie, droitier, il élevait une brebis qui lui donnait plus de lait qu'il ne lui en fallait, et Chen Bailing allait souvent chez lui en boire). Si tu veux pas qu'on le sache, faut pas le faire ! » La camarade Chen s'accroupit, le visage enfoui dans ses mains, et d'entre ses doigts s'échappait un son curieux, on eût dit le cri bas et triste que les cailles qui crèchent dans les roseaux poussent quand elles sont en chaleur. En voyant les larmes qui glissaient aussi entre ses doigts, nous sûmes qu'elle pleurait et qu'elle était très triste.

Héhé porta à sa bouche la moitié de patate qui était dans sa main droite, en coupa une bouchée avec les dents, et les deux joues gonflées à tour de rôle, on l'entendit mastiquer la chair. Soudain, un poing noir le frappa violemment dans les reins. Il recracha la patate douce, criant : « Aïe ! Ma mère ! » Il se retourna, le visage bizarrement tordu, les poils de la verrue qu'il avait au-dessus des sourcils frémissants. Le coup avait été fort, il voulut jurer mais il avait le souffle coupé. Lorsqu'il l'eut recouvré, il gueula : « Putain de merde, quel est le salopard qui a osé ? » Devant lui, une rangée de visages, certains impassibles, comme moulés dans la glaise, d'autres rouges de colère, comme un morceau de fer sortant du four. Des yeux froids lui lançaient des flèches de glace, d'autres des éclairs de braise. « Putain de bordel, qui m'a foutu ce coup de poing ? » Un rire gras s'échappa d'une bouche, suivi immédiatement d'un autre coup de poing, qui le toucha au ventre cette fois avec un grand bruit. « Maman ! » Héhé ne put s'empêcher de s'accroupir, haussant les épaules, la tête penchée en avant, et de vomir sa patate douce. « C'est moi qui t'ai cogné, et alors ? Ça te gêne ? » Sang Lin lui mit un pied sur l'épaule, appuya un peu, et Héhé fut le cul par terre, les mains au sol, levant les yeux d'un air mauvais. Il vit clairement qui l'avait frappé. « C'est toi, pourquoi ? » dit Héhé, surpris. Nous nous posâmes la même question avec la même surprise : pourquoi lui ? D'où l'on peut voir qu'il n'est pas difficile de faire du mal, mais qu'il est difficile de ne jamais faire de bien de toute sa vie.

Les coureurs sortaient de la courbe et arrivaient devant nous. À quel tour en étaient-ils ? J'avais perdu le fil, l'ordre n'était plus le même. Li Tie était toujours en tête, suivi à dix mètres par un peloton de cinq, mené tantôt par l'un, tantôt par l'autre, mais qui semblait avoir sa propre force, comme s'ils étaient attachés par des élastiques invisibles, qui empêchaient quiconque de se détacher. Dix mètres après eux, le tireur de pousse-pousse d'antan, suivant à grandes foulées une ligne immuable et méthodique, tirant un pousse-pousse imaginaire, préservant le sérieux et l'honneur de la première classe des tireurs de pousse-

pousse comme Xiangzi le chameau. Dix mètres plus loin courait le sportif semblable à mes oies, le professeur remplaçant droitiste M. Zhu. Comment avait-il été catalogué de droite ? C'est assez marrant… Vous allez voir.

Dix ans plus tôt, en pleine campagne politique, notre école devait identifier un droitier, mais n'en trouvait pas : le directeur en périssait d'inquiétude. On nous envoya de l'échelon supérieur un as de la traque aux opportunistes de droite, flanqué de quatre filles qui en voulaient, des fonceuses, pour inspecter notre travail en la matière. Le directeur de l'école expliqua que nous étions pauvres et arriérés, qu'il ne trouvait pas de droitier, est-ce que c'était acceptable ? L'as dit : « Dès qu'il y a un groupe d'hommes, il y a des gauchistes, des centristes et des droitiers, vous savez qui a dit cela ? » Le directeur avouant son ignorance, l'as précisa que c'était le président Mao, et le directeur dit : « Si c'est le président Mao, alors c'est sûrement vrai, cherchons encore. » L'as demanda au directeur de réunir professeurs et élèves sur le terrain de sport et de les faire marcher. Personne ne savait quel tour il avait dans son sac. Une fois que tout le monde eut défilé devant lui, l'as s'avança, flanqué de chaque côté par ses quatre assistantes zélées, comme des ailiers. Il déclara : « Il y a deux droitiers. » Il désigna M. Zhu du doigt et dit : « Lui ! » Les deux assistantes de sa droite s'avancèrent et emmenèrent M. Zhu. M. Zhu s'écria : « Ce n'est pas vrai, je ne suis pas de droite ! » Il se débattait en sautillant entre les deux filles d'acier, tel un chimpanzé qui viendrait d'être capturé. L'as dit : « Pas la peine de crier et de sauter. Le renard ne peut cacher sa queue, tu vas voir tout de suite la vérité. » Puis il désigna parmi le groupe des élèves ma sœur aînée et dit : « Elle ! » Et les deux femmes à sa gauche avancèrent énergiquement vers elle pour l'extraire du groupe. Mais ma sœur avait un sale caractère, violent, et quand elle était en colère, elle pouvait avaler du verre ou de la pierre et ne reconnaissait plus sa famille. Même mon père n'osait pas l'affronter. Dès que l'as donna l'ordre téméraire à ses gardes-chiourme femelles de l'emmener, on fut sûr d'avoir un beau combat. On allait voir ce qu'on allait voir !

L'as, qui avait reçu un entraînement militaire, fit s'aligner M. Zhu et ma sœur et cria : « Garde à vous ! » Il avait une voix puissante, un ton autoritaire. « Regardez devant vous ! Marchez ! » Ma sœur et M. Zhu obéirent et se mirent à marcher. Ma sœur relevait la tête et bombait le torse, M. Zhu prenait un air très digne. Dès qu'ils eurent fait quelques pas, avant même de s'être mis en marche pour ainsi dire, l'as beugla : « Arrêtez-vous ! » Et demanda à la cantonade : « Vous avez vu ? » Nous criâmes à l'unisson :

« Nous avons vu !

– Qu'avez-vous vu ? »

Tout le monde se regarda, perplexe, consterné, chacun était devenu muet. L'as eut un rire ironique. « Les yeux des masses voient clair, réfléchissez, quand ils se sont mis à marcher à l'instant, ont-ils mis en avant d'abord le pied droit ou le pied gauche ? » Tout le monde se regarda en chien de faïence, ne sachant que dire. L'as dit : « Tous les deux sont, parmi vous tous ici (*il fit un grand geste circulaire de la main*), les seuls (*il montra deux doigts*) qui commencent à marcher par le pied droit. Qu'en dites-vous ? S'ils ne sont pas de droite, qui l'est alors ? » En entendant la sentence de l'as, M. Zhu se mit à sangloter. Ma sœur ôta sa veste molletonnée et la jeta derrière elle, puis marcha à grands pas vers le pied du mur, ramassa deux demi-briques, une dans chaque main, et tel un tigre ou telle une tigresse, peu importe, se rua vers l'as en hurlant.

Celui-ci se leva, réajusta la veste kaki jetée sur ses épaules et, se forçant à garder son calme, dit : « Toi là, toi, la gamine, tu te rebelles ? » Ma sœur n'était pas quelqu'un à se laisser intimider. Elle balança son bras droit et lança une brique sur l'as. Elle voulait à coup sûr lui briser le crâne, mais elle n'avait pas assez de force, et la brique tomba devant lui, le faisant sauter de peur.

« Espèce de petite droitière, tu as le front de t'en prendre à moi pour de bon ?

– Va te faire foutre ! gueula ma sœur. Je vais jeter ta mère au cachot et qu'elle en sorte en fumée par la cheminée ! »

Ma sœur aimait jurer depuis qu'elle était petite, dire des gros mots, son vocabulaire en la matière était riche et fleuri, je n'ose pas reproduire ici exactement ses mots, de peur de vous polluer la vue. D'ailleurs dans les mots qu'elle inventait pour injurier les gens, beaucoup ne devaient pas se trouver dans le grand dictionnaire Ci Hai et même si je voulais écrire exactement ce qu'elle disait je ne pourrais pas. Ma sœur si mal élevée souleva l'autre brique et la lança sur l'as, qui l'évita d'un léger mouvement, comme un gamin agile. Furieuse d'avoir raté deux fois son coup, elle se planta devant lui et déversa un flot d'injures, le mitraillant de mots plus grossiers les uns que les autres, le soumettant à un feu nourri de critiques. Au début tout le monde se tenait droit, l'air grave et sérieux, mais les gens ne purent se retenir longtemps. Quelqu'un commença à rire, et tout le monde fut pris de fou rire. Ma sœur, qui manquait de jugeote, s'emballa. Plus les gens riaient, plus elle s'excitait, comme une actrice sous les applaudissements. L'as avait des décennies de révolution derrière lui, mais n'avait probablement jamais été confronté à une telle situation. Il porta machinalement la main à son ceinturon, et quelqu'un cria : « Attention, il prend son pistolet ! »

Quelqu'un dit calmement : « Quel pistolet ? C'est un fonctionnaire civil, il n'est pas armé. » Et tout le monde se remit à rire.

L'as finit par se fâcher. Son autorité était battue en brèche, mais ses quatre gardes-chiourme lui obéissaient. « Ligotez-la », ordonna-t-il. C'était une de ses phrases fétiches, il disait cela à tout bout de champ : « Attachez-le ! » Cependant, il n'y avait pas de corde sur place et ses ailiers n'en avaient pas apporté. Elles fondirent toutes les quatre sur ma sœur, qui les avait bien énervées. Elles n'attendaient que cette occasion de passer leur colère. Elles avaient déjà, avec l'as, débusqué quantité de droitiers, mais elles n'étaient jamais tombées sur telle épine. En ce temps-là, qui ne les craignait pas ? Dès qu'ils étaient catalogués de droite, les gens pleuraient, tombaient à genoux, ou leur regard s'éteignait, mais personne ne se serait permis comme cette gamine de se répandre en injures et de lancer des briques. Si elles n'arrivaient pas à la maîtriser, c'en était fait du mouvement anti-droitiste. Elles se précipitèrent sur ma sœur (qui en mordit quand même une et lui arracha un bout de doigt) et la plaquèrent au sol, finissant par la maîtriser. Elles lui bottaient les fesses avec leurs pieds chaussés de souliers de cuir, ma sœur jurait de plus belle, et plus elle jurait, plus elles bottaient fort, et ma sœur finit par pisser dans sa culotte. Mes parents accoururent, avertis on ne sait par qui. Ma mère pleurait, mon père riait. Il dit : « Allez-y, frappez, frappez à mort ! Ça fait longtemps qu'on n'en veut plus, de cette gosse ! » Ma mère pleurait : « Tu n'en veux peut-être plus, mais moi si… »

Lorsqu'il passa devant la tribune, Li Tie vit Jiang Guiying debout en train de pleurer et Chen Bailing accroupie qui sanglotait. Son visage prit une expression de doute ou de perplexité, mais il ne s'arrêta pas. Nous eûmes à peine le temps de voir son visage. La plupart des autres étaient de marbre, au premier chef Zhang Jiaju le tireur de pousse-pousse, qui regardait fixement devant lui, et gardait un rythme et une attitude immuables, comme une machine. M. Zhu quitta exprès la piste et cria : « Héhé, tu vois à quoi ça mène d'emmerder les femmes ! » Dans le public quelqu'un dit avec gratitude : « Ce M. Zhu, il crèverait la gueule ouverte, mais il se soucie tout le temps des autres, il est comme ça. Il ne risque pas de gagner ! » Un autre renchérit : « M. Zhu a bon cœur, chaque jour il chante les louanges de la lutte des classes, le monde a besoin de braves gens comme lui ! » Et Sang Lin reçut la plus belle marque de respect de sa carrière, il avait l'air très content de lui. Un villageois dit : « Héhé, même Sang Lin n'a pas supporté ton comportement, tu vois comme tu es méchant ! » Héhé s'était pris deux bons coups de poing et il était conspué par tout le monde : embarrassé, humilié, plié en deux, il ramassa son fouet et dit : « Sang Lin, tu ne perds rien pour attendre. Si je me venge pas, je suis un fils de pute. » Sang Lin répondit : « Tu es justement un fils de pute. » Héhé sortit de la foule, prit un air imposant – pour ses chevaux – et partit.

À ce moment-là, sur le terrain de basket, l'entraîneur de l'équipe de droitiers demanda une pause et les joueurs des deux équipes se groupèrent autour de leurs entraîneurs respectifs pour discuter tactique. Nous étions trop loin pour entendre, nous les voyions seulement agiter les bras. Héhé, debout jambes écartées sur les brancards de sa charrette, passait sa colère sur ses chevaux et faisait claquer son fouet sur les pauvres bêtes, à coups répétés qui résonnaient comme des tirs de pistolet. Pile à ce moment-là passa le chef de la brigade qui, voyant ce spectacle, s'avança et dit : « Héhé, qu'est-ce que tu as contre ces chevaux ? » Héhé vit rouge et lui donna un coup de fouet. Clac ! Une trace rouge apparut immédiatement sur le cou du chef de la brigade. Celui-ci s'appelait Cui Tuan. Ancien militaire, il aimait raconter qu'il avait participé à la chasse aux bandits de grand chemin dans les montagnes du Guangxi, qu'il avait réussi grâce à son intelligence à capturer la chef de la bande, puis qu'il s'était laissé séduire et l'avait relâchée. Il avait commis là une faute grave et avait failli être fusillé. Il n'avait été épargné que grâce à ses nombreux faits d'armes antérieurs. En tout cas c'est ce qu'il racontait, libre à vous de le croire ou non. « Sans cela, j'aurais grimpé plus haut, je n'aurais pas besoin de m'emmerder avec des ploucs comme vous », disait-il à qui voulait l'entendre. Il avait peut-être inventé cette histoire de toutes pièces, mais tout le monde pouvait voir comment il était réellement dans la vie. Il avait un caractère violent, comme un détonateur. Je l'ai vu de mes propres yeux poursuivre sa femme avec un fusil parce qu'elle avait lâché un pet pendant qu'il mangeait. Comme elle ne pouvait pas courir, elle avait grimpé dans un arbre. Il avait visé et lui avait tiré une volée de plomb dans le derrière. Ce téméraire de Héhé avait osé lui fiche un coup de fouet, c'était comme si une souris léchait le cul du chat, audacieux sinon téméraire. Cette affaire, au bord de la route, éclipsait toutes les compétitions. Tout le monde accourut pour voir le spectacle. Contre toute attente, le Cui Tuan qui d'ordinaire avait un caractère explosif se frotta le cou et s'en fut tout penaud en marmonnant, résigné comme un contre-révolutionnaire des quatre catégories[1], sans même livrer une bordée d'injures. Nous

1. Les quatre catégories du mouvement de 1956 : propriétaires fonciers, paysans riches, contre-révolutionnaires auxquels ont été ensuite rajoutés les « mauvais éléments ».

fûmes très déçus, le suivîmes du regard un moment, puis regardâmes Héhé debout sur sa charrette, fier comme un paon, puis cela ne nous intéressa plus et nous retournâmes voir les compétitions.

Quand Li Tie, conduisant toujours son peloton qui n'était pas vraiment le sien, arriva à la courbe, un chronométreur se rua sur la piste avec une ardoise sur laquelle était écrit à la craie blanche : 15 TOURS, 6 000 MÈTRES. Li Tie, les yeux exorbités, haletant, l'air d'un fou, fonça sans s'arrêter devant le chronométreur, qui s'écarta prestement. Ce dernier se posta sur le bord de la piste et cria à chaque concurrent : « Six mille mètres ! » Certains tournèrent la tête pour regarder le tableau, hagards. D'autres n'y jetèrent même pas un coup d'œil, comme si le nombre sur le tableau ne les concernait nullement. Les droitiers qui s'y connaissaient discutaient près de nous : « En sport, quand on arrive aux limites, c'est comme l'obscurité qui précède l'aube. C'est le moment le plus difficile, le plus dur. Si on arrive à le passer, tout va bien. On peut alors entrevoir la lumière de la victoire. » Mais immédiatement quelque beau parleur du village réfutait ces paroles, disant : « Quelle limite ? C'est comme quand on a faim. Le premier jour on est nerveux, le deuxième on devient fou, le troisième on pleure en appelant sa mère, au cinquième ou sixième on a mal au ventre. Regardez, est-ce que Zhang Jiaju a une limite ? » Il courait comme avant, le visage éteint, sans même une goutte de sueur. Quelqu'un dit : « Dix mille mètres, pour lui, il n'en fait qu'une bouchée, comme Zhang Fei de son plat de pousses de soja[1] ! Ce brave menait l'impératrice Cixi du Palais d'été à la place Tiananmen quatre fois par jour, aller et retour ! Qu'est-ce que c'est que dix mille mètres pour lui ? Et puis regardez, est-ce que M. Zhu a atteint sa limite ? » Il était pareil à lui-même, courant comme les oies de notre basse-cour, un coup de tête en avant à chaque pas, n'oubliant pas de nous faire signe chaque fois qu'il passait devant nous, il ne disait rien mais hochait la tête, ou bien il nous souriait. À son passage, Sang Lin brandit un navet tout frais et demanda : « Maître Zhu, vous en voulez ? » Il refusa d'un geste et dit : « C'est gentil, mais il faut choisir le bon moment ! » Et il défila devant nous sans ralentir. De là on voyait que sa tête commandait à ses jambes de courir. Nous lui collâmes au fesses sur un bout de chemin en criant : « Allez ! Monsieur Zhu, accélérez ! » Mais quelqu'un dit : « Ce n'est pas encore le moment. Le moment venu il les rattrapera. Dans un dix mille mètres, l'important, c'est le souffle, et il en a. » Quel souffle ? Ça s'appelle la capacité pulmonaire ! Et la

1. Allusion à un personnage du *Roman des Trois Royaumes*.

capacité pulmonaire de M. Zhu, nous avions déjà eu l'occasion de la vérifier.

Pendant l'été, à midi, M. Zhu nous conduisait à la rivière pour prendre un bain – on peut dire pour nager, si on veut. Nous avions l'habitude de dire « prendre un bain » à la place de « nager », depuis des dizaines d'années. Ce n'est qu'après l'arrivée des droitiers que le mot « nager » entra dans notre vocabulaire. Arrivés près de la rivière, nous nous mettions tous tout nus, accrochant nos caleçons aux souches des saules du bord de l'eau. La rivière n'était pas profonde, sauf sous le pont, où l'eau était aussi plus fraîche parce qu'à l'ombre. Dès que nous étions dans l'eau, nous courions jusque sous le pont. M. Zhu criait derrière nous : « Revenez ! Revenez ! Défense d'entrer dans l'eau les fesses à l'air ! »

Souvent, sous le pont, se trouvait déjà un groupe de droitiers qui... nageaient ! Des hommes et des femmes de droite. « Femmes à la baille, mauvaise récolte », disaient nos vieux. Cette phrase ne s'appliquait qu'à leurs femmes, bien sûr, et nullement aux droitières. Elles avaient beau être de droite, tout le monde était bien conscient qu'elles étaient d'une classe ou d'un rang supérieur aux paysannes. Toutes ces belles phrases sur les paysans moyen-pauvres membres de la classe dirigeante, ce n'étaient que de belles paroles pour rire. Croire que c'était vrai nous exposerait à de graves souffrances ! Si les droitiers ne cultivaient pas la terre, ils mangeaient quand même ; si les paysans ne cultivaient pas, ils crevaient de faim la gueule ouverte. On pouvait se croire supérieur, mais on avait beau essayer de s'approcher de droitières comme Jiang Guiying, pas moyen de toucher un cheveu ! Les droitiers qui nageaient sous le pont portaient des caleçons, et les femmes aussi ma foi, sauf qu'ils étaient nettement plus longs que ceux des hommes. Nous leur avions trouvé un surnom élégant : les « caleçons cache-seins ». Et nous comprîmes finalement la différence entre prendre un bain et nager. Nous allions dans l'eau tout nus, c'est pourquoi nous prenions un bain ; les droitistes se baignaient avec des caleçons et des caleçons cache-seins, et donc ils nageaient. En fait nous faisions dans l'eau la même chose qu'eux. Nous faisions plouf plouf et quand nous en avions assez nous remontions sur la berge et nous couvrions le corps de boue ; ils faisaient plouf plouf et quand ils en avaient assez ils se mettaient près de la pile du pont et se frottaient le corps de savon. Quand j'y pense, en fait c'était finalement plutôt eux qui se lavaient – et nous qui nagions.

Nager, ah, nager ! Nous n'écoutions pas du tout M. Zhu et courions comme des dératés sous le pont, nus comme des vers. N'y pouvant mais, M. Zhu nous suivait dans son grand caleçon et entrait dans l'eau à la façon de notre grande oie blanche. M. Zhu était un as de la planche, il se couchait à la surface, on voyait d'un côté sa tête de l'autre ses pieds, rien au milieu, il ne bougeait pas, flottant comme un bout de bois noir, dérivant vers le pont.

Au début, quand nous arrivions nus comme des vers sous le pont, ces droitières libertines piaillaient comme des poules, certaines se cachant dans l'eau, s'accrochant à la pile du pont, ne laissant voir que leur nez et leurs yeux, telles des gamines apeurées. Mais elles se rendirent compte rapidement que nous étions simplets et qu'en barbotant tout nus dans l'eau près d'elles nous ne les menacions aucunement, et elles se détendirent : advienne que pourra ! Y avait-il parmi ces gamins des gars plus mûrs qui auraient pu se faire des idées, je ne saurais dire que non. Par exemple, il y en avait un qui s'appelait Xu Bao, qui aimait piquer une tête sous le pont. Il nageait très bien sous l'eau, il pouvait faire une bonne dizaine de mètres comme ça. Et souvent nous entendions ces belles droitistes piailler et crier qu'un grand poisson les mordait dans l'eau. En fait il n'y avait pas de grand poisson, c'était juste ce garnement de Xu Bao qui leur jouait des tours. Mais un jour où il faisait ça, au lieu de pincer les jambes d'une femme, il se cogna la tête contre une pile de pont et se fit une commotion cérébrale telle qu'il faillit bien y passer.

Les droitiers respectaient M. Zhu, ils ne l'ostracisaient pas sous prétexte qu'il était un cul-terreux de droite. En fait, il avait été désigné droitier par l'as, ce qui lui donnait une certaine aura. De sous le pont ils l'appelaient : « Monsieur Zhu, venez donc ! » Et il y allait, s'appuyait sur une pile et discutait avec eux. Parfois, lorsque nous étions fatigués de jouer, nous les entourions et les écoutions deviser. Leurs propos étaient assez différents de ceux de nos vieux, et en les écoutant nous apprenions et grandissions. Lorsque j'entrai plus tard dans l'armée, j'ai souvent surpris mon auditoire par ma façon de parler, mon vocabulaire, au grand dam de mon chef d'escouade ou de mon chef de section : comment un fils de paysan sans éducation pouvait-il avoir autant de connaissances ? Comment auraient-ils pu savoir que j'avais reçu une éducation de haut niveau sous la pile d'un pont, sur l'astronomie et la géographie, sur la Chine et l'étranger, sur les poèmes Tang et la poésie des Song, sur Zhao Dan et Bai Yang[1], sur *Le Chant de la jeunesse* et sur *La Toundra*[2],

1. Acteurs célèbres d'avant la Libération.

2. *Le Chant de la jeunesse*, premier ouvrage de la romancière Yang Mo, paru en 1958. *La Toundra*, roman de Qu Bo paru en 1957.

sur l'hybridation du blé ou les semences de tomates… ? Parfois, ils parlaient, ils parlaient puis s'arrêtaient soudain, on n'entendait plus que l'eau couler sous le pont, le seul bruit étant celui qu'elle faisait contre les piles. Une dizaine de grosses têtes encerclaient la pile, une dizaine de petites têtes encerclaient les grosses têtes, c'était comme dans la réunion traditionnelle de la famille tortue, les petits étaient des petites têtes, les grands des grosses têtes, et parmi eux celui qui avait la plus grosse tête était notre professeur M. Zhu. Il nageait sans enlever ses lunettes et, dans l'ombre des arches du pont, elles lançaient des reflets inquiétants comme les yeux d'un serpent venimeux. Il levait les pieds hors de l'eau, créant de jolies rides à la surface. Plus loin sous le soleil l'eau scintillait.

Un droitier un jour éternua fort élégamment, nous fûmes interdits, puis éclatâmes de rire. M. Zhu dit : « Voyons qui retient son souffle le plus longtemps. »

Cela devint un jeu réservé entre M. Zhu et les droitiers. Ils formaient un cercle et plongeaient le nez sous l'eau, retenant leur respiration, se regardant, jusqu'à ce que l'un d'eux lâche et ressorte la tête de l'eau brusquement, comme une grosse salamandre noire. Les autres continuaient à se regarder, jusqu'à ce qu'un autre n'y tînt plus et devînt à son tour une salamandre spectatrice, regardant ceux qui s'entêtaient à rester le nez sous l'eau. Et chaque fois, à la fin, ne restaient que

M. Zhu et le droitier petit Du. Agent de la station hydrologique du fleuve Jaune, il était habitué à l'eau, il en connaissait les caractères, il disait que dans sa famille ils étaient depuis plusieurs générations des « génies d'eau ». Alors que sous la dynastie Qing le mot « homme-grenouille » n'existait pas, les « génies d'eau » faisaient en fait le même travail. Il racontait que ses ancêtres avaient plongé sous la direction de Zeng Guoquan, le frère de Zeng Guofan [1], pour saborder les jonques de guerre des rebelles Taiping lors de la bataille d'Anqing, fait d'armes accompli pour la dynastie réactionnaire des Qing.

M. Zhu et le descendant des génies d'eau se regardaient entre quat'z-yeux, se défiant du regard. Qu'est-ce que tu as de si terrible ? Rien, je peux juste tenir un peu plus longtemps que toi. Ne te vante pas, on verra bien ! Ils comparaient leur force, refusant de céder le pas. Le petit Du disait que ses ancêtres tenaient deux heures sous l'eau, sans le moindre matériel. Balivernes ! Pures vantardises ! Tu n'es pas obligé de le croire. Une minute passait, deux minutes, trois minutes, après cinq minutes de rétention le petit Du ne tenait plus et reprenait sa respiration, comme s'il avait lâché une torpille. Il s'essuyait le visage, vidait l'eau de son nez, haletant. M. Zhu restait le nez sous

1. Zeng Guofan (1811-1872), militaire et stratège.

l'eau, et tout le monde commençait à compter : 571, 572, 573, 574... 600... Il continuait son apnée, ses yeux devenaient rouges, comme injectés de sang. Les droitiers disaient : « Ça va, c'est bon, monsieur Zhu. Pas la peine de continuer, vous avez gagné, sans aucun doute. » Et nous renchérissions : « Monsieur Zhu, remontez. Si vous vous abîmez la cervelle, qui va nous donner des leçons ? » Sous la pression de tout ce monde, M. Zhu finissait par sortir de l'eau, comme si de rien n'était. Le petit Du le complimentait : « Il peut retenir son souffle plus longtemps qu'un buffle. » Chen Bailing ajoutait : « Quelle étonnante capacité pulmonaire ! » Et M. Zhu expliquait : « En fait, je vais vous dire, je maîtrise une méthode pour reprendre mon souffle sous l'eau, qu'est-ce que dix minutes, une heure ce n'est rien pour moi. Que les ancêtres de petit Du puissent tenir deux heures est tout à fait possible, vous pouvez le croire. »

Les coureurs de fond doivent avoir un solide squelette, des muscles forts, mais le plus important est d'avoir des poumons exceptionnels. Le squelette et les muscles de M. Zhu n'avaient rien d'exceptionnel, mais ses poumons compensaient ces faiblesses. C'est pourquoi, alors que le spécialiste du fond Li Tie haletait, atteignant ses limites, M. Zhu respirait encore calmement, tranquillement.

Le haut-parleur des tribunes se mit soudain à claironner de nouveau. Quand il reprenait, nous nous demandions quand il s'était arrêté. Il diffusait encore des marches et, si les airs n'étaient pas vieux, les disques l'étaient et l'aiguille du tourne-disque était émoussée. Le son des marches était émaillé de grésillements. Le chronométreur sortit à nouveau une ardoise sur laquelle était noté à la craie blanche : 20 TOURS, 8 000 MÈTRES. Cela voulait dire qu'ils avaient couru les quatre cinquièmes de la course. Il ne restait que cinq tours, deux mille mètres, et même moins. La victoire était en vue ! Ils étaient encore dans le même ordre en passant devant nous, indifférents à la pancarte que le brave chronométreur leur présentait obligeamment. Lorsqu'ils repassèrent devant nous, nous nous rendîmes compte que cette pancarte était utile. Cette fois, Li Tie courait encore en tête, mais le peloton qui le suivait s'était rapproché. Le deuxième était provisoirement le jeune à la tête de chameau Chen Yao, ses deux grosses lèvres ballottant, les cheveux trempés collés au visage, lui bloquant la vue, gêné parce qu'il devait constamment les remonter sur son front de la main. Le petit Wang, professeur de l'école, était passé de la troisième à la cinquième place, le haut fourneau l'ayant dépassé pour prendre la troisième place, et la quatrième étant conservée par ce grand type dont nous ne savions pas d'où il sortait. Le petit Wang n'était pas content d'avoir ainsi reculé, et le panneau du chronométreur sembla avoir sur lui l'effet d'une piqûre de cordial et l'encourager à fournir un dernier effort : nous le vîmes accélérer et, comme il était petit, sa foulée qui était déjà la plus rapide s'accéléra encore. Il rejeta la tête en arrière et fonça sur cent mètres en braillant. Il rattrapa le quatrième, et nous l'encourageâmes : « Allez, monsieur Wang, plus vite ! Plus vite ! » Il dépassa le quatrième et prit sa place. Il semblait bien qu'il voulût se servir de cet élan pour remonter encore, mais le troisième regarda derrière lui et sans attendre accentua son effort. C'est ainsi que le petit Wang fut terrassé par le haut fourneau noir, sa foulée de lapereau ralentit peu à peu et devint irrégulière, on eût dit qu'il avait les pieds empêtrés dans des fils invisibles. Il courait de plus en plus difficilement. Il n'arrivait plus à ouvrir les yeux. Il trébucha et tomba à terre. Le grand type qui le suivait de près n'eut pas le temps de l'éviter et le piétina. Nos rencontres sportives étaient rudimentaires, nous n'avions pas d'équipes de secours d'urgence, des spectateurs de bonne volonté se précipitèrent pour les dégager de la piste. Le grand type dit, comme en transe : « Ne me retenez pas, laissez-moi partir », et il se dégagea et se remit à courir, ayant complètement perdu de vue son objectif, renversant plusieurs spectateurs qui essayaient de le soutenir, comme on soutient un cheval harassé. Le petit Wang était à genoux, les mains au sol, vomissant violemment, les petits pois du petit déjeuner lui sortant par les narines. Nous le plaignîmes sincèrement, ne sachant que faire.

Avec deux coureurs en moins, la piste semblait soudain vide. Li Tie menait toujours, mais Chen Yao avait repris du terrain et lui collait au train. Le haut fourneau était troisième, à sept, huit mètres des deux premiers. Le quatrième était l'inconnu, qui semblait avoir trouvé son second souffle et attaquait le haut fourneau. Le tireur de pousse-pousse courait imperturbablement, tirant son pousse-pousse invisible, comme s'il était seul au monde, faisant sa course pour lui-même. Il ne semblait pas avoir pour but de gagner quelque honneur, mais le devoir d'emmener son client à destination, soit de le conduire du Palais d'été à la place Tiananmen, ou le contraire. Notre M. Zhu était derrière lui, la foulée régulière, mais le visage gris. Lorsqu'il passa devant nous, nous l'encourageâmes, et il nous fit un geste simple de la main, avec un sourire un peu forcé. Nous pensâmes tristement : M. Zhu est bien vieux, au fond.

Alors que les coureurs venaient de passer la courbe et se trouvaient de l'autre côté du stade, une vieille moto déglinguée roula sur le chemin de terre qui longeait la piste en cahotant mais à grande vitesse, et vint s'arrêter tout près de nous. Le moteur lâcha quelques pets et se tut. Le conducteur de la moto était un policier en uniforme bleu, et dans le side-car se trouvait un autre policier, en uniforme bleu. Ils se tinrent un instant sur la moto, puis en descendirent en sautant. Sans un mot, ils se mêlèrent aux spectateurs sans en être. Même nous, écoliers, qui n'avions pas d'expérience politique voyions bien qu'ils n'étaient pas là pour le spectacle. Ils avaient une ceinture à la taille, une gaine à la ceinture et un pistolet dans la gaine. L'ambiance devint immédiatement tendue, il y avait de la lutte des classes dans l'air. Nos cœurs battaient la chamade, de crainte et d'excitation. Nous voulions voir la tête des policiers, tout en craignant qu'ils ne nous vissent les dévisager. Une petite fille traversa la piste en brandissant une fleur de pêcher rose et courut jusqu'au centre du stade. Un petit garçon avec un grand morceau de gâteau de maïs courut jusqu'à la moto et la regarda en mangeant.

Les coureurs revenaient devant les tribunes. Il leur restait encore trois tours à faire, le dix mille mètres tirait à sa fin. La foulée de Li Tie devenait moins régulière. La respiration de Chen Yao évoquait un vieux soufflet cassé. Le haut fourneau lui collait aux fesses, il n'avait que deux pas à faire pour se trouver côte à côte avec lui, mais ces deux pas semblaient bien difficiles. Le tireur de pousse-pousse était passé en quatrième position, mais il n'avait pas accéléré : c'est le quatrième qui avait ralenti. M. Zhu était encore le dernier, depuis le début il courait d'une étrange façon, inspirant la pitié à cause de sa difformité. À ce moment-là, qui allait gagner cette course était encore une énigme. C'était maintenant le moment pour les spectateurs de se déchaîner afin d'encourager les coureurs mais, à cause de l'apparition des deux policiers, nous étions devenus muets. Nous espérions qu'elle n'aurait pas d'influence sur le moral des coureurs, mais nous espérions aussi qu'ils avaient vu les deux policiers à côté des spectateurs. Nous sentions confusément que leur apparition avait quelque chose à voir avec l'un des coureurs du dix mille mètres. Li Tie tituba et faillit tomber, ce qui montrait qu'il avait vu les policiers. Les deux coureurs derrière lui les avaient également vus. Le tireur de pousse-pousse, imperturbable, ne les avait pas vus. M. Zhu les avait bien vus, mieux que les autres, il était d'un naturel curieux, et je pense que s'il n'avait pas été dans la course il serait probablement venu leur adresser la parole.

Alors qu'il restait encore deux tours, le chronométreur sortit son panneau noir et courut solennellement au milieu de la piste, puis s'en écarta précipitamment. Li Tie se dirigea vers les policiers en titubant, la tête plus lourde que les jambes. Chen Yao fit une grande courbe et prit la direction des lanceurs de poids. Que se passait-il ? Il paraît que les coureurs, au moment du sprint final, manquant d'oxygène, n'ont plus les idées claires, que leur vue se brouille, c'était la seule explication qu'on pouvait trouver pour le comportement de Li Tie et de Chen Yao. Le haut fourneau suivit de façon inattendue Chen Yao vers les lanceurs de poids. Était-il devenu fou ? Le type qu'on ne connaissait pas, voyant cela, s'arrêta et se mit à tourner en rond là où il était, paumé, marmonnant : « Qu'est-ce qui se passe ? Qu'est-ce que c'est que ça ? » C'est ainsi que le tireur de pousse-pousse prit la tête, courant de façon mécanique, sans même détourner le regard. Et c'est ainsi que notre professeur M. Zhu se retrouva second, et, même s'il était dernier, il terminerait second. En passant devant la police, il pencha la tête, un sourire énigmatique sur le visage.

Les deux policiers soutinrent très poliment Li Tie. Il avait les yeux révulsés, de l'écume à la bouche, comme un crabe prisonnier dans un panier. Un policier lui tapa dans le dos, l'autre le pinça sous le nez[1]. Ses pupilles réapparurent enfin, il avait moins

1. Il y a sous le nez un « point » selon la médecine chinoise qui, lorsqu'on le pince ou qu'on y met une aiguille d'acupuncture, permet entre autres de ranimer les personnes évanouies.

d'écume à la bouche. Il tremblait de tout son corps et sanglotait en disant : « Ce n'est pas ma faute, ce n'est pas ma faute, c'est elle qui a pris l'initiative… »

Du groupe des spectateurs émana un vagissement, poussé par Jiang Guiying.

Lorsque les coureurs furent à cent mètres de l'arrivée, deux personnes tendirent un fil rouge en travers de la piste. Trois chronométreurs étaient fin prêts, leur appareil à la main. La course allait se terminer d'un instant à l'autre. Au dernier moment, notre professeur M. Zhu, telle une étoile filante, eut une éblouissante radiance. Il accéléra à fond, comme l'oie de notre basse-cour lorsqu'elle prenait son envol. Le tireur de pousse-pousse était égal à lui-même, s'adaptant aux changements par la constance. À dix mètres de la ligne d'arrivée, M. Zhu le dépassa et d'un coup de tête cassa le fil rouge.

Puis il marcha calmement vers les policiers, tendit les deux mains en disant : « C'est moi qui ai planté l'opium, cela n'a rien à voir avec ma femme. »

Les deux policiers l'écartèrent et se plantèrent devant le tireur de pousse-pousse, impassible comme s'il était de bois.

L'un d'eux demanda : « Vous êtes bien Zhang Jiaju ? »

Zhang Jiaju ne broncha pas.

L'autre policier lui brandit un papier sous le nez et dit : « Je vous arrête, Zhang Jiaju ! »

Et il lui passa les menottes.

« Ce n'est pas moi que vous êtes venus arrêter ? » demanda M. Zhu, surpris.

Le policer réfléchit et demanda :

« Vous venez de dire que vous plantiez de l'opium ?

– Oui, ma femme souffre de douleurs au cœur, on a essayé tous les médicaments, sans effet. Il n'y a que l'opium qui la soulage.

– Eh bien, dit le policier poliment, veuillez donc nous suivre. »

4. Épilogue

Après de longues années de célibat, M. Zhu, grâce à l'entremise de mes parents, s'était marié avec une veuve du village, Pi Xiuying.

Pi Xiuying avait un visage ovale, de fins sourcils enjôleurs, et était rusée comme une renarde[1]. Chaque année au printemps, au moment où la végétation bourgeonnait, elle sillonnait en pleine nuit les rues du village en gémissant de façon exagérée, empêchant tout le monde de dormir. Après son mariage avec M. Zhu, personne n'entendit plus jamais ce gémissement qui donnait la chair de poule. Tout le monde se dit : Pi Xiuying a de la chance, elle s'est mariée à un homme compétent, M. Zhu, et sa maladie chronique est guérie.

La maison de M. Zhu et celle de Pi Xiuying n'étaient pas éloignées et, depuis qu'ils étaient mariés,

1. La littérature chinoise est pleine d'histoires de femmes-renardes qui épuisent l'énergie vitale (et sexuelle) des hommes, leur font perdre l'esprit en les envoûtant.

la grande porte de celle de Pi Xiuying n'avait pas été ouverte, alors qu'avant son remariage elle s'asseyait souvent sur le seuil, ressemelant des chaussures et regardant passer les gens d'un regard oblique.

L'on n'avait jamais vu non plus M. Zhu aller chez elle.

Certains les avaient vus tous les deux sortir ensemble de chez lui par la porte principale.

Chaque année, lorsque le blé dorait, de la cour de la maison de Pi Xiuying émanait une forte odeur douceâtre, et parfois on les entendait rire tous les deux.

Des curieux avaient collé leur visage sur la porte de la maison de Pi Xiuying pour regarder par la fente et découvert qu'on l'avait condamnée avec un mur de brique, ce qui faisait qu'on n'y voyait rien et qu'on ne pouvait entrer dans la maison en brisant cette porte.

Quelqu'un avait voulu grimper sur le mur, il avait été piqué par un scorpion dissimulé là.

Pi Xiuying était de plus en plus rusée.

Sur sa porte, quelqu'un peignit les mots suivants : tanière de renarde.

Quelqu'un demanda à M. Zhu : « Professeur, vous avez trouvé un remède miracle ? »

Il ne répondit pas, se contentant d'un sourire mystérieux. Ses yeux s'assombrirent, comme ceux d'un renard.

Je grimpai un jour sur le grand peuplier derrière la maison de Pi Xiuying et vis sa grande cour : elle était entièrement plantée d'une plante à feuilles vertes, jusque dans les coins, même dans les toilettes. Sur cette plante qui poussait bien droit se trouvaient, au bout de la tige, de grosses fleurs fraîches, sauvages et malicieuses comme une renarde, de toutes les couleurs, blanches, rouges, violettes, bleues… dégageant une odeur prenante. M. Zhu, penché, une binette à la main, enlevait les mauvaises herbes. Pi Xiuying, penchée, mettait son nez pointu dans les fleurs et les humait, les bleues, les rouges, les violettes… À son cul était accrochée une grande queue touffue, rouge comme de la braise. J'allais crier de surprise, mais la queue disparut.

Plus tard, le mystère fut éclairci. Il n'y avait pas de renard ni de remède miracle, il y avait un tunnel qui conduisait de la cour de la maison de M. Zhu au lit de Pi Xiuying.

On le visita, c'était un grand travail, un tunnel plein d'installations ingénieuses, et quelqu'un demanda : « Tout ça juste pour cultiver de l'opium ? »

Personne ne lui répondit, mais il n'y avait pour nous aucun doute : non, ce n'était sûrement pas que pour cultiver de l'opium !

Du même auteur

Le Clan du sorgho
Actes Sud, 1990

Le Radis de cristal
Philippe Picquier, 1993 ; *rééd.* 2000

Les Treize Pas
Seuil, 1995
et « *Points* » n° P1178

Le Pays de l'alcool
Seuil, 2000
et « *Points* » n° P1179

La Carte au trésor
Philippe Picquier, 2004

Explosion
Caractères, 2004

Enfant de fer
Seuil, 2004

Beaux Seins, belles fesses
Seuil, 2004
et « *Points* » n° P1386

Le Maître a de plus en plus d'humour
Seuil, 2005
et « *Points* » n° P1455

La Mélopée de l'ail paradisiaque
Seuil, 2005
et « *Points* » n° P2025

Le Supplice du santal
Seuil, 2006
et « *Points* » n° P2224

Le Chantier
Seuil, 2007
et « Points » n° P2670

La Joie
Philippe Picquier, 2007

Quarante et Un Coups de canon
Seuil, 2008

La Dure Loi du Karma,
Seuil, 2009
et « Points » n° P2460

La Belle à dos d'âne dans l'avenue Chang'a
Philippe Picquier, 2011

Grenouilles
Seuil, 2011

RÉALISATION : IGS-CP À L'ISLE-D'ESPAGNAC
IMPRESSION : CPI FIRMIN-DIDOT AU MESNIL-SUR-L'ESTRÉE
DÉPÔT LÉGAL : OCTOBRE 2012. N° 102401-2 (115038)
IMPRIMÉ EN FRANCE